苦闘《くとう》

鹿取警部補

JN148406

【主な登場人物】

鹿取　信介（57）　警視庁刑事部捜査一課強行犯三係　警部補
森永　達三（43）　警視庁刑事部捜査一課　管理官
山賀　勇（55）　同　強行犯三係　警部
吉田　裕美（30）　同　巡査部長
楊習平（43）　愛華　コンサルタント
若生　則文（58）　中陽商事　執行役員
福山　春夫（48）　新都設計事務所　所長
松本　祐二（48）　M&M　専務
浅井　友也（45）　警視庁公安部公安総務課　管理官

《鹿取《かとり》、出動だ》

山賀《やまが》の声が鼓膜をふるわせる。

鹿取信介《のぶすけ》は顔をしかめた。

テレビ画面には街の様子が映っている。渋谷のスクランブル交差点か。走行中の車がはでに水しぶきをあげる。人の姿はない。画面上部に〈LIVE〉の文字、画面下には〈東京都　千葉県　大雨警報〉のテロップが流れている。

《聞こえたのか》山賀が怒鳴るように言う。《路上に死体《ホトケ》が転がっている》

「死んでいるのか」

《通報でパトカーが急行……男の死体は硬直しているそうだ》

現場の住所を聞いて通話を切った。

テレビ画面をうらめしそうに見てから腰をあげた。

隣室から松本祐二《まつもとゆうじ》が出てきた。手に黄色いものを提げている。

「これを。親分が愛用していたレインスーツです」

松本が両手でひろげた。

「もっと地味なのはないのか」

「ないです」

「要らん。おまえが送れ」

「もちろん、そうします。が、車から降りたとたんにずぶ濡《ぬ》れです」松本がテレビを指さした。「視界も悪そうなので、これを着れば、めだって安全です」

肩をすぼめ、鹿取は隣室に入った。

ベッドルームのクローゼットを開ける。カーキ色のコットンパンツを穿《は》き、紺色の長袖ポロシャツを被《かぶ》った。ベルトに手錠サックを吊るし、警察手帳を手にする。

松本も入ってきて、金庫の前で立て膝をついた。

鹿取は声をかけた。

「拳銃《チヤカ》は要らん」

金庫にはS&W製リボルバーとベレッタの自動拳銃がある。どちらも公安部にいたころからの愛用品だ。現在は未登録。申請しようと、刑事部が許可するはずもない。

「だめです。何がおきるかわかりません」

「どういう意味だ」

「むかうところ敵だらけ。生傷が絶えません」

「嫌われ者みたいに言うな」

「鹿取さんを好きな犯罪者はいません」

「そうですか」

あっさり返し、黄色のレインスーツを着た。

サイズがおおきい。が、文句は言わない。

「親分を見ているようです」

松本が言った。

神妙な顔になっている。目が潤んでいるようにも見えた。

かつて松本は三好《みよし》組の幹部だった。若頭補佐の身ながら自前の組もひとりの乾分《こぶん》も持たず、ひたすら親の三好義人《よしひと》に仕えた。三好が引退し、組を解散したとき、松本もやくざ稼業から身を退いた。現在は三好から禅譲《ぜんじょう》されたカラオケボックスとステーキハウスの経営者である。この四月に小泉真規子《こいずみまきこ》と結婚し、世帯を持った。

「親分が守ってくれます」

独り言のように言い、松本が隣室に移った。

Cadillac Escalade のボンネットを大粒の雨が叩《たた》きつける。

運転を始めてから松本は無口になった。横殴りの雨に邪魔され、視界がせまくなっている。戦車のような車でも慎重にならざるをえない。新車に慣れていないせいもあるのか。以前の愛車は中国の諜報員《ちょうほういん》が運転する車と激突、大破した。四月のことだ。

松本がナビゲーションを見る。

——渋谷区上原三丁目△×—△——

上司の山賀に教えられた住所を入力してある。

松本が前方に視線を戻した。

「もうすぐです」

「ここはどこだ」

「井の頭通り……現場は、この先の代々木上原駅の手前を左折したところです」

言いながら、ハンドルを左に切る。

住宅街の二車線道路。地図で確認していなければ住宅街とはわからない。

交通課の警察官か。反射材の黄色いベストを着て、赤色灯をふっている。道路は規制線でふさがれているようだ。

「あの手前の路地角でいい」

松本に声をかけ、シートベルトをはずした。

「規制線を越えるまでライトを照らしています」

「帰るのか」

「待っていてほしいのですか」

「…………」

ああ言えばこう言う。あきれてものが言えない。


いきなり突風に見舞われた。フードを被っていても雨粒が顔にあたる。

闇を寸断するかのような勢いである。

赤色灯をめざして歩いた。

「捜査一課の鹿取だ」

「ご苦労さまです」

警察手帳を見せなくても制服警察官は規制線を持ちあげてくれた。

道路はブルーシートで完全に遮断されていた。シートはパタパタと音を立て、いまにも風に吹き飛ばされそうだ。

囲いの中に入った。

頭上にもシートが張ってある。が、隙間から雨風が流れ込んでいる。

鑑識課の連中が地面に這《は》いつくばり、隅の二箇所に人が集まっていた。皆が半透明のレインスーツを着ている。官給品だ。鹿取は一度も袖を通したことがない。警視庁刑事部のロッカーに眠ったままである。

山賀が近づいてきた。めずらしいものでも見るような目つきになった。

「おまえがめだちたがり屋とは知らなかった」

「うるさい。死体はどこだ」

「運んだ。こんな状況下では検視もままならん」

鹿取は視線をふった。

側溝のそばの地面に白いテープが貼ってある。風にゆれ、剝《は》がれそうだ。

「硬直していると言ったな」

「ああ。死後二十四時間は経《た》っているそうだ」

「ここが殺害現場というわけじゃないよな」

「あたりまえだ。住宅地のど真ん中だぞ。一日中、人の往来があるらしい」

「第一発見者は」

「犬よ」山賀が左を指さした。「そのシートのむこうの家で飼っている犬が吠《ほ》えまくったそうだ。で、飼い主が家から出てきた」

「そのときの様子は」

「仰向けになって倒れていたと……近づくのもおそろしくて一一〇番通報した。いま、廣《ひろ》川《かわ》と本多《ほんだ》が通報者の自宅で話を聞いている」

鹿取は刑事部捜査一課強行犯三係に所属している。仲間は六人。警部の山賀係長以下、警部補の廣川と青野《あおの》、巡査部長の高橋《たかはし》、本多、吉田《よしだ》である。

「ほかの連中は」

「わかりきったことを訊《き》くな。代々木署の連中も聞き込みをしている」

「……………」

返す言葉がない。

捜査員の誰も成果は期待していないだろう。それでも、初動捜査では現場周辺をこまめに歩き回るしかないのだ。

これでは防犯カメラも期待できそうにない。

思いついたひと言は口にしなかった。

足元では鑑識課の連中が目を皿にしている。絶望的な期待を胸に作業している。囲いのそとでは側溝に手を突っ込んでいる者もいるだろう。

「山賀係長」

山賀の肩越しに声が届いた。

管理官の森永達三《もりながたつぞう》。警察庁から出向してきて一年八か月が過ぎた。出向組の在任は二、三年。四十三歳の森永にとって、出向先での点数を積み上げたいところである。

「相棒と合流しろ」

言い置き、山賀が離れた。

山賀にとっても正念場になりそうだ。六十歳定年まであと五年。山賀の夢は捜査一課の課長になることである。野心を抱くノンキャリアなら誰もが夢見る。捜査一課はノンキャリアの牙城《がじょう》で、一課長の座はノンキャリ組が堅守してきた。

雨はあがった。風も止《や》んだ。が、空はまだ分厚い雲に覆われている。

青空を見なくなって三週間になるか。

夏は苦手だが、さすがに太陽が恋しくなってきた。

走り去る車を見送ったあと、鹿取は腕の時計を見た。まもなく午前七時になる。

昨夜は午前一時で捜査打ち切りの指示がでた。点数をほしがる幹部連中も成果が期待できないと判断したようである。

鹿取はタクシーで赤坂に戻った。

カラオケボックスの一室では松本が待っていた。

三好がプライベートで使用するためにつくった特別室である。リビングにはカウンターバーがあり、寝室も浴室も備わっている。三好が引退してからは鹿取が利用している。ひと月の半分は寝泊まりし、私的な取調室としても使っている。

——まだいたのか——

——そろそろ家に帰ろうと思っていました——

松本がいかつい顔に笑みをひろげた。

シャワーを浴びてリビングに戻ると、いい匂いがした。おぼろ昆布と浅葱《あさつき》。鰹出汁《かつおだし》のうどんは五臓六腑《ごぞうろっぷ》に沁《し》みた。ソファに寛《くつろ》ぎ、一杯の水割りを飲んで松本を追い返した。そのうち新妻の真規子に怒鳴られる。わかっていても厚意にあまえてしまう。けさは松本に起こされた。

真規子も来ていて、コーヒーを淹《い》れてくれた。


階段をあがり、代々木署に入った。

会議室のドアの脇に〈代々木上原死体遺棄事件特別捜査本部〉の貼り紙がある。中はざわざわしていた。五十人ほどか。椅子の大半は埋まっていた。

鹿取は、最後列の窓際の席へむかった。

どこの所轄署に出動してもおなじ場所に座る。

「おはようございます」

相棒の吉田裕美《ひろみ》が声を発した。

ひとつ前の長机に陣取る強行犯三係の面々がふりむく。声はなかった。

吉田のとなりに座り、声をかける。

「家に帰ったのか」

「はい。おかげで風邪をひかずに済みました」

「ひと言多い。ここに泊まった連中に失礼だ」

「ごめんなさい」

吉田が身を縮めた。

前方のドアからぞろぞろと人が入ってきて、捜査員らと対面する席に着いた。

中央に制服姿の代々木署署長、右となりに捜査一課の森永管理官、左には代々木署刑事課の野本《のもと》課長が控え、強行犯三係の山賀係長は森永のとなりに座した。

幹部の顔ぶれからして、凶悪事件としては通常の陣容のようだ。慣例どおりなら、代々木署署長が捜査本部長に就き、実質的な指揮は森永管理官が執る。現場の指揮官は山賀係長、捜査会議の進行役は代々木署の野本課長か。

「これより、死体遺棄事件の第一回捜査会議を始める」

野本の声に場内が静まり返った。

署長の短い挨拶のあと、野本が口をひらく。

「先ほど、被害者の身元が判明した。菅原仲孝《すがわらのぶたか》、五十八歳。指紋照合で判明した。七年前、被害者は、自分が運転する車で人身事故をおこしていた。住所は江東区東陽△丁目○×、職業は自営。新橋二丁目で焼鳥店を経営している。現在、親族がこちらへむかっている。

到着次第、身元確認を行なう予定だ」

　中ほどの席から声があがった。

「人身事故は裁判になったのですか」

「略式手続き……接触事故で、被害者の傷の程度は軽く、示談が成立した。まもなく諸君に被害者のデータが配布される。詳細はそれで確認しなさい」

　聞き込み捜査の報告が始まった。

「捜査一係の後藤《ごとう》です」

　前列の男が声を発した。

　後ろ姿しか見えなくても顔は憶《おぼ》えている。古参の巡査部長である。何度かおなじ捜査事案にかかわった。が、代々木署に配属されていたとは知らなかった。

「現場周辺の民家で、対応してくれたのは四軒でした。その四軒の住人は一様に、そとの様子についてはわからないと……現場の道路を通り、午後十時に帰宅したという人がいましたが、そのときは人が倒れてはおらず、車どころか猫一匹見なかったそうです」

　別の男が手を挙げる。

「おなじく一係の戸塚《とつか》……小田急線代々木上原駅周辺および井の頭通りに面した飲食店で聞き込みをしました。どの店も閉店もしくは閉店間際で客はおらず、店の従業員は外出していないのでわからないとのことでした」

後列の若者が立ちあがる。

「コンビニでの聞き込みもおなじです。雨脚が強くなった午後九時以降は客がほとんどこなくなったと……せめて、被害者の写真があれば……」

「愚痴は言うな」

野本課長が語気鋭くさえぎった。

鹿取は吉田に話しかけた。

「死体を見たか」

「ええ。目を剝《む》き、顔はゆがんでいました。あれでは聞き込みに使えません」

小声で答え、吉田が顔をしかめた。

吉田によれば、死体発見時、被害者は半袖シャツとブリーフパンツしか身に着けていなかったそうだ。聞き込みのさなかにも吉田は悲しそうな顔をした。

前方から声がした。

「強行犯三係はどうだ」

「右におなじです」

廣川がそっけなく言った。

想定内の返答だったか。野本課長は反応せずに視線をさげた。

「検視官によれば、死因は失血死と推定されるそうだ。鳩尾《みぞおち》を刃物で刺されている。首にも裂傷痕《れっしょうこん》があり、頸動脈《けいどうみゃく》を切られていた。死後二十四時間以上が経過したあと、現場に運ばれ、遺棄されたものと思われる。なお、遺体の左側頭部、左上腕部および左の腰骨付近に打撲のような傷がある」

「生体反応は」

「司法解剖を待て」

廣川の問いに、野本が答えた。

「被害者は車から投げ捨てられた……そういうことですか」

「可能性はあるが、推測に過ぎん。死因の特定および身体的な特徴はまもなく始まる司法解剖の結果を待つことになる」

言って、野本が横をむいた。

「鑑識課、報告してくれ」

山賀のとなりに座る男が頷いた。

刑事部鑑識課の音川《おとかわ》係長。鹿取とは旧知の仲である。

「雨があがった午前五時から捜査を再開した。が、現時点で、凶器をふくめ遺留品と思《おぼ》しきものは発見されていない。血痕も採取していない。司法解剖の結果待ちだが、体内の血液はほとんど流出したか、体内で凝固したか。雨で流されたとも考えられるが、どんな大雨でも微量の血液反応はでる」音川がひとつ息をつく。「現場周辺の路上でのタイヤ痕、足跡などの採取はできなかった。が、これは最終判断ではない」

音川への質問はなかった。

続いて、映像解析班の報告が行なわれた。

予想どおりの報告だった。

防犯カメラもNシステムも厳しい気象状況下では効力が半減する。映像が人や車を捉えていたとしても解析は困難を極める。

班割りをおえ、初回の会議は終了した。


京王線初台駅から電車に乗って新宿三丁目駅で降りた。東京メトロ丸ノ内線と銀座線を乗り継ぎ、新橋駅で下車した。

駅前のSL広場に出ると、鹿取は両腕をひろげた。

ひさしぶりの満員電車は息が詰まりそうだった。新宿地下街も人が多く、何度もぶつかりそうになった。SL広場も人であふれているけれど、天井がないだけましである。

吉田も足を止め、スマートフォンを見ている。電車に乗ってからは話をしなかった。吉田は捜査資料を読んでいた。

吉田が話しかける。

「被害者が経営していた店は新橋二丁目の飲食店街にあります」

「そっちはまだ早い」

言って、歩きだした。

ニュー新橋ビルの脇を通り、道路を渡る。桜田公園の近くの喫茶店に入った。

昭和のにおいが濃く残る店で、煙草《タバコ》が喫《す》える。

出勤前の朝飯か。三組の先客はスーツを着て、パンを食べている。

奥の席に座り、鹿取はモーニングセット、吉田はコーヒーを注文した。

「おまえは食わないのか」

「家で済ませました」

「ふーん」

鹿取は煙草を喫いつけた。

吉田がうかない顔をしている。口数がすくないのも気になる。

煙草をふかし、声をかける。

「どうした」

「きのうは七夕だというのに……被害者がかわいそうです」

「………」

返す言葉が見つからない。

そんなことなら訊かなければよかった。元旦《がんたん》でも凶悪事件はおきる。結婚したその日に殺された花嫁もいる。一寸先は闇。世の中、何がおきるかわからない。

「よほどの怨《うら》みがあって殺害したとしても、死んだ人をゴミのように……それも嵐《あらし》の中、道端に投げ捨てるなんて……許せません」

「おまえは、感情を捨てろ」

「むりです」むきになって言う。「鹿取さんは何も感じないのですか」

「犯人をパクる。それだけよ」

「………」

吉田が目を見開く。頰《ほお》がふくらんだ。

中年の女がトレイを運んできた。

鹿取は煙草を消し、トーストを齧《かじ》った。

「食事中に失礼します」

怒ったように言い、吉田がショルダーバッグに手を入れた。煙草を取りだし、口にくわえる。火を点《つ》け、横をむいて紫煙を吐いた。

かっとなる気性は直りそうにない。

どうでもいい。一々反応すれば神経が疲れる。

ミニサラダを食べ、ゆで玉子の殻をむいて食塩をふる。トーストもたいらげ、コーヒーを飲んでから二本目の煙草をふかした。

「被害者のデータを教えろ」

「資料をもらわなかったのですか」

「おまえから聞くほうが早い」

　吉田が肩をすぼめ、資料を手にした。

「被害者は江東区東陽のマンションにひとりで住んでいました。十年前に離婚しており、代々木署で遺体と対面したのは実の娘です。一人娘の好江《よしえ》は七年前に結婚し、現在は江東区門前仲町で夫と二人暮らしです」

「被害者の家とは近そうだな」

「それでも歩けば二、三十分かかります」

　紫煙を吐き、質問を続ける。

「娘は、父親が人身事故をおこした年に結婚したのか」

「交通事故の二か月後に婚姻届をだしていました。事故をおこしたのは娘に会った帰り道で、運転中に考え事をしていたと供述調書には記してあります。その翌年、被害者は脳梗《のうこう》塞《そく》を発症しています。店の営業中に倒れたので処置が早く、大事には至らなかったが、右半身に麻痺《まひ》が残ったそうです」

「それで仕事が続けられたのか」

　吉田が首をひねった。

「病状の記載はありません。どの程度、不自由なのかも……被害者は、新橋赤レンガ飲食店協会の理事で、新橋商店連合会の事務長も務めていました」

「事務所はどこにある」

「協会は新橋二丁目の栄新第一ビル、連合会は新橋三丁目のＳＫビルです」

「どっちが近い」

吉田がスマートフォンにふれた。

「連合会は目と鼻の先のようです」

鹿取は視線をおとし、コーヒーを飲んだ。

「質問があります」

吉田の声に、視線を戻した。

「被害者を半裸の状態で遺棄したのは身元の特定を遅らせるためでしょうか」

「そう思うのか」

「ええ。でも、腑《ふ》に落ちません。殺害から遺棄まで一日以上が経っています。わざわざあそこまで運んで捨てる必要があったのでしょうか」

「………」

鹿取は口を結んだ。

推論は好まない。が、吉田のそれに興味が湧《わ》いた。

吉田が続ける。

「残忍な殺し方といい……犯人の強い意図を感じます」肩で息をする。「それにしても初動捜査は無い無い尽くしで、先が思いやられます」

「本領を発揮できる」

「はあ」

「鑑識課はお手上げ、映像解析班もあてにならん。頼りは、おまえの目と足よ」

吉田が目をまるくした。

「鹿取さんの目と足は」

「年寄りをあてにするな」

「………」

口もあんぐりとなる。

鹿取はゆっくり首をまわした。


交差点まで戻り、赤レンガ通りのほうへむかう。

「このビルです」

吉田が頭上を指さした。

細長いビルの袖看板に〈新橋商店連合会〉の文字がある。

エレベーターで五階にあがった。

三十平米ほどか。右側に四人掛けの応接セット、パーテーションを挟んで左に五つのスチールデスクがある。三十歳前後の女がデスクのパソコンに手をかけ、短髪の男と五十年輩の女がホワイトボードの前で立ち話をしていた。

デスクの女が立ちあがる。

吉田が警察手帳をかざした。

「警視庁の者です。亡くなられた菅原伸孝さんの件で参りました」

女がふりむく。

白髪の男が近づいてきた。

「ご苦労さまです。わたしは藤崎《ふじさき》と申します」

「捜査一課の吉田です」

二人が名刺を交換した。

男の名刺には〈新橋商店連合会　副理事長　藤崎淳一郎《じゅんいちろう》〉とある。

鹿取は名前だけを告げた。

ソファに移動する。吉田と藤崎が向き合い、鹿取は吉田のとなりに腰をおろした。

「さっそくですが」吉田が言う。「事件をいつ知りましたか」

「二時間ほど前……八時過ぎに愛宕《あたご》署の方から連絡をいただきました。代々木署から問い合わせの電話があり、事件を知ったと……生活安全課の、お世話になっている方です。そのあと急遽《きゅうきょ》ここへ来て、関係各所に連絡し、ひと息ついたところでした」

「おどろかれたでしょう」

「そりゃもう……腰がぬけそうになりました。菅原さんとは三十年来のつき合いで、ここでも手を携えてやってきましたから」

「あなたも飲食店を経営されているのですか」

「電器屋です。この通りにちいさな店を構えています。お客様は新橋商店街の皆さん……照明器具やエアコンの取替え、部品の交換、修理などを行なっています」

「被害者とも仕事で知り合ったのですか」

「そう。雀《すずめ》の里をオープンしたとき商品を納入しました」

被害者が経営していた店の屋号が『雀の里』である。

若いほうの女がお茶を運んできた。

吉田が礼を言い、視線を戻した。

「被害者はどういう方でしたか」

「わたしよりもひとまわり若かったが、昔気質《むかしかたぎ》の職人……そんな感じでした。頑固で、仕事にはきびしく、怒りっぽかったけど、人情も備えていた」

「脳梗塞の後遺症で右半身が不自由だったそうですね」

「ええ。あのときもびっくりしました。でも、あの人は頑張った。懸命にリハビリに励んでね。不自由といっても、右腕と手が思うように動かせない程度で、日常の生活には不便はなかったようです。話し方も普通でした」

「店で仕事をされていたのですか」

「病気を患ったあとは、あまり調理場に立つことはなかったようです。店には毎日でていると聞いていたが……」

声を切り、藤崎が眉尻《まゆじり》をさげた。

吉田が顔を近づける。

「どうされました。病気のあと、店に問題でもおきたのですか」

「経営は順調だったと思います。長年の常連客がいるからね。わたしがたまに覗《のぞ》くと、いつも賑《にぎ》わっていた。ただ、菅原さんは患う以前から店の将来を心配していた。職人が育たないと……手塩にかけた弟子が辞めちまって、歯痒《はがゆ》い思いをしていたようです」

「なぜ、辞めたのですか」

「…………」

藤崎が目をぱちくりさせた。

意外な質問だったか。

鹿取は藤崎に話しかけた。

「弟子の名前を知っていますか」

「ええ。西村五郎《にしむらごろう》……菅原さんの娘の亭主です」

「えっ」

吉田が声を洩《も》らした。

藤崎が言葉をたした。

「あのときは大騒動だった。菅原さんは二人の結婚に反対して……わたしは仲裁に入ったことがあるけれど、父親も娘も頑として譲らず、結局、娘は家を出ちまった」

「被害者は十年前に離婚していますね」藤崎が頷くのを見て続ける。「離婚後も、娘は父親と暮らしていたのですか」

「ええ。娘は子どものころから父親っ子で、菅原さんも娘を溺愛《できあい》していた。娘は、大学に通いながら店を手伝っていたよ」

となりで、吉田がノートにボールペンを走らせている。

それを見てから、口をひらく。

「話を戻します。娘は家を出て、西村と一緒に暮らし始めたのですか」

「そのようです。西村は、娘が家を出る前日に店を辞めました」

「いつのことですか」

「菅原さんが脳梗塞を患う前の年でした」

鹿取は、先刻の吉田の話を思いだした。

——事故をおこしたのは娘に会った帰り道で、運転中に考え事をしていたと供述調書には記してあります——

娘と諍《いさか》いをおこしたあとのことだったか。

うかんだ疑念が声になる。

「溺愛する娘と、店の愛弟子《まなでし》……普通に考えれば理想のカップル。それなのに、どうして被害者は結婚に反対したのですか」

「…………」

藤崎が眉を曇らせた。

鹿取は顔を寄せた。

「ご迷惑はかけません。教えてください」

藤崎がちらっとパーテーションのほうを見てから、背をまるくした。

「菅原さんは、元女房と西村の仲を疑っていた」

聞き取れないほどの声だった。

鹿取はさらに顔を近づけた。

「十年前に離婚した女房ですね」

「そう。その当時は女房も店にでていたから……」

「離婚の原因は女房の不倫ですか」

「それはどうかな。離婚は女房が言いだし、あまりに頑《かたく》なだったから渋々応じたと……わたしは、菅原さんからそう聞いていた」

「では、不倫の話はいつ聞いたのですか」

「娘の結婚話が持ちあがったときです。あのときも腰をぬかした」

「………」

鹿取は首をひねった。

娘に結婚したいと言われ、菅原は西村の身辺を調査したのか。不倫の件は胸に納めていたものの、結婚話で堪忍袋の緒が切れたのか。

ひろがりかける推測に蓋《ふた》をした。

「被害者は、娘に元女房と西村の関係を話したのですか」

「さあ」藤崎が何度も首をふる。「たぶん、話していないだろう」

「不倫の話、ほんとうだと思いますか」

「菅原さんはうそをつくような人じゃなかったからね」

藤崎が息を吐き、ソファにもたれた。

鹿取はお茶を飲み、姿勢を戻した。

「ところで、事務長はどんな仕事をするのですか」

「ひと言でいえば、まとめ役です」

藤崎の声音が戻った。

「具体的に教えてください」

「連合会は個人事業主の集合体です。当然、それぞれの思惑があるし、街づくりに関する考え方も異なる。イベントの企画や諸問題を議論するたび、意見が分かれる。それを調整するのが事務長の役目です。ほとんど無報酬だから、新橋を愛していなければ務まりません。とくにこの一、二年、菅原さんは気苦労が絶えなかったと思う」

「なぜですか」

「新橋駅前……このあたりもふくめての、再開発計画をご存知ですか」

鹿取は頷いた。

「二〇二二年にニュー新橋ビルが解体されるそうですね」

「計画ではSL広場も様変わりします。あそこから桜田公園に至るまで、かなりのひろさで再開発が行なわれる予定です」

「連合会も事業計画に参加しているのですか」

「はい。といっても、デベロッパーではないので脇役ですが……新橋の繁栄のため、事業計画を支援、協力しています」

「それは連合会の総意ですか」

「ん」

藤崎が小首をかしげた。

「先ほど、連合会は個人事業主の集合体だと言われた。こんな言い方は失礼だが、個人の思惑や打算も働くでしょう」

「ええ。なので、菅原さんは頭を痛めていた。再開発事業で最も厄介なのは、土地の問題です。地域の繁栄は誰でも願っていることですが、だからといって、土地問題で安易に妥協する人なんていない。地主だけではなく、土地や商業ビルのフロアを借りて商売している人もおなじ……少数ながら、事業計画そのものに反対する方もいます」

「反対の理由は」

「戦後闇市の時代から新橋に根を張り、商売をしている方々です。彼らは、新橋の伝統と文化を誇りに思っている。気持はわかるのだが……」

語尾を沈め、藤崎が眉を曇らせた。

「被害者はそういう方々との交渉をしていたのですか」

「交渉はデベロッパーの仕事です。菅原さんは、根回しというか、下交渉というか、事業計画に反対の人や土地売買に消極的な地主と膝を突き合わせ、話し合っていました」

「菅原さんは事業計画に賛成していたのですね」

「もちろんです」

藤崎がきっぱりと答えた。

吉田の手が止まるのを見て、話を続ける。

「ここの会員の方々は開発予定地で商売されているのですか」

「全員ではありません。わたしの店もそうだが、菅原さんの店も予定地のそとです」

「被害者は新橋赤レンガ飲食店協会の理事もされていたようだが、協会の会員もおなじような状況にあるのですか」

「むこうは新橋二丁目の飲食店街で商売する人が大半で、開発予定地にかかっているのはごく少数と聞いています」

「被害者は、その少数の方々とも話し合っていたのですか」

「さあ。そういう話は聞いたことがありません」

頷き、吉田に声をかける。

「質問はあるか」

「ないです」

吉田が即答し、ノートとボールペンをショルダーバッグに戻した。

飲食店街の中ほどにある雑居ビルを出て、ＳＬ広場のほうへ歩いた。

新橋赤レンガ飲食店協会の事務所でも協会員の男と事務職の女から話を聞けた。被害者は『雀の里』の開業時から協会に所属していた。応対した二人は被害者と親しくしていたという。女のほうは言葉に詰まり、涙ぐむこともあった。

吉田が肩をならべる。

「つぎはどこへ」

「喫茶店……煙草が喫いたい。昼飯を食って、聞き込み再開よ」

「被害者の元女房と西村ですね」

「それも早い」

吉田が鹿取の前に立った。

「なぜですか」

「不倫の話をしたのは新橋商店連合会の藤崎ひとり……飲食店協会の二人も被害者と親しかったと言ったが、離婚や娘の結婚の話はしなかった。元女房や西村に接触するのは、もうすこし情報を集めてからだ」

吉田が目を光らせた。

「鹿取さんも、二人が気になるのですね」

「おおいなる勘違いよ」

「はあ」

鹿取は、吉田の肩を払って歩きだした。

吉田が追いかけてくる。

「どういう意味ですか」

「的は絞らん。何度も言わせるな」

吉田が口をもぐもぐさせる。

鹿取は先手を打った。

「豊洲市場へ行き、雀の里の取引業者から話を聞け」

飲食店組合で面談した協会員の男も焼鳥店の店主で、『雀の里』の取引先の卸業者から食材を仕入れているそうで、業者名も教えてくれた。

「自分ひとりで行くのですか」

「不服か」

「そうではありませんが、鹿取さんは」

「昼寝する」

「訊いた自分がばかでした」

吉田がこともなげに言った。

信号を渡り、ＳＬ広場に入った。

鳩《はと》の数が増えていた。正午が近づいている。広場で昼食を摂る連中を待ち構えているのか。鳩たちは陣取り合戦に余念がない。

「豊洲のあとは、被害者が交渉していた相手から話を聞け」

言って、吉田と別れた。


赤坂みすじ通りのテナントビルの階段を降り、喫茶店の扉を開けた。

ひろい店内はがらんとしていた。ひまな時間帯か。

鹿取は奥の席に座り、ウェートレスにコーヒーを注文した。

ほどなく、ずんぐりとした男があらわれ、鹿取の前に腰をおろした。

近くにあるラーメン店の店主である。

昼間にも顔を見た。被害者の娘の夫が勤めるラーメン店の店名を知り、松本に電話をかけた。赤坂におなじ店名のラーメン店があるのを思いだしたからである。

――八重洲にあるのは二号店です――

松本が答え、西村という男は憶えているとも言い添えた。

昼過ぎに松本と赤坂の店を訪ねたとき店内は立て込んでいた。松本によれば、赤坂界隈《かいわい》では一、二の人気店だという。二人でラーメンを食べたあと、松本に紹介してもらい、午後四時に会う約束をしたのだった。

店主がアイスコーヒーを注文するのを待って声をかけた。

「繁盛していますね」

「おかげさまで」

取って付けたようなもの言いだった。

不安そうには見える。蚤《のみ》の心臓か。松本が店主を路上に呼んで鹿取を紹介したとき、店主の顔は塑像《そぞう》のように固まった。

「時間は大丈夫ですか」

「三十分くらいなら……うちの西村が何かしでかしたのですか」

「通常の捜査の範囲です」

店の前では事件に関する話はしなかった。

「きのうの」店主が小声で言う。「雀の里のご主人が殺された事件ですか」

「どうしてそう思うのですか」

店主が眉をひそめた。

「以前、西村は雀の里で働いていた……だから、店に来られたのでしょう」

「ええ。あなたは、被害者と面識があったのですか」

「いいえ。でも、顔は何度か……わたしは、あのお店のタレが好きで、新橋方面へでかけたときは雀の里に寄っていました」

「西村さんとも顔を合わせていたのですね」

「彼とはカウンター越しに話をしていました」

「その縁で雇ったのですか」

頭の中には松本の話が残っている。

――自分があの店を知ったのは五年ほど前で、そのときはもう西村が働いていた。たまに魚介豚骨ラーメンを食べに行く程度だったのですが、M&Mが赤坂の飲食店組合に加盟してから店主と話をするようになりました。去年の春、八重洲に二号店をだすことになったと……西村を店長にするとも聞きました――

松本は八重洲店のオープンの日に花を贈り、店を覗いたとも言った。

ウェートレスがアイスコーヒーを運んできた。

ひと口飲んで、店主が目を合わせた。

「突然、店に連絡があって……あのときはびっくりしました」

「どうして」

「腕のいい職人なので……面接のさい、ラーメン屋でいいのかと訊いたほどです。本人は真面目な顔でラーメンの修業をしたいと言ったのを憶えています」

「雀の里を辞めた理由を知っていますか」

「くわしくは知りません。雀の里には居づらくなった……たしか、そんなことを……あまりしつこく訊《たず》ねるのも気が引けて」

「雇いたかった」

「そりゃもう。鶏を素材にしたラーメンをつくれると……すみません」

「謝ることはない。西村さんはあなたの期待に応えましたか」

「ええ。惜しげも無く、持っている技術を提供してくれました。彼がいたから二号店をだす決心がついたのです」

「二号店も繁盛しているのですか」

「はじめは苦戦しました。が、半年ほどで軌道に乗った。彼のおかげです」また店主の表情が曇る。「彼が、事件にかかわっているのですか」

「答えられない」

そっけなく返した。

守秘義務など関係ない。が、不安を取り除いてやる必要もない。

鹿取は煙草を喫いつけた。ふかし、質問を続ける。

「西村さんの家族を知っていますか」

「奥さんがいます。彼が本店で働いているとき、奥さんが店に来て紹介されました」

「話をしましたか」

店主が首をふる。

「休みの日に三人で食事をしようと誘ったのですが、会ったのはその一度きり……西村によれば、奥さんは人見知りが激しいそうです」

「奥さんも仕事をしているのですか」

「わかりません。西村はプライベートな話をしないのです」

「雀の里にいたころの話も」

「ええ。だから、事件のことが気になって……」

店主が声を切った。

すがるようなまなざしになる。

鹿取は、ふかした煙草を消した。

手持ちの情報を提供する気はさらさらない。

礼を言い、席を立った。


トランペットの音色が老人をやさしく包んでいる。

白髪は薄くなったか。尖《とが》った頬骨には丸いメガネがよく似合う。赤と濃紺の格子柄のベストに黒の棒タイ。カウンターの中に立っていた。

変わらぬ風貌《ふうぼう》に目を細めた。

「客が来るまで座っていたらどうだ」

「このほうが楽なもので」

マスターが答えた。

感情がこもらないもの言いも昔から変わらない。

新橋赤レンガ通りにあるバー『ヘミングウェイ』に通いだして二十年になる。常連と言えたのは最初の二、三年である。公安部から追放、捜査一課に異動させられてからの一時期、この店に来ては酔い潰《つぶ》れていた。

俺は変わったのだろうか。

何かのついでのように店を覗きだしてからは、そんなことを思うようになった。

カウンターに七つのスツール、五、六人が座れるベンチシート。小ぢんまりとした店が満席になるのを見たことがない。

鹿取はカウンター席の端に腰をおろした。

おしぼりで手を拭った。左腕で頬杖をつき、煙草をくわえる。

マスターがラフロイグのボトルをカウンターに立てた。首飾りには〈ろくでなし〉の文字。いつだったか、マスターが書いた。

「水割りか」

「ああ」

マスターが水割りをつくり、カボチャの種を添えた。

煙草をふかし、声をかける。

「この曲、好きなのか」

トランペットとピアノのハーモニーが耳に残っている。

ジャズに聴き入るのはここだけである。マスターとジャズは切り離せない。

「飽きないからね。マイルスとモンク……言っても、むだか」

「そういうこと」

目で笑った。

扉が開き、黒っぽいスーツを着た男があらわれた。

男の頬がだらしなく弛《ゆる》んだ。

公安部公安総務課の浅井《あさい》友也《ゆうや》。管理官になって三年になる。鹿取が警察庁警備局長直属の隠れ公安だったころに知り合った。当時、浅井は局長の秘蔵っ子だった。いまは鹿取の貴重な情報源であり、遊び仲間でもある。

「あいかわらず、事件に愛されていますね」

笑って言い、浅井がとなりのスツールに座った。

赤坂から新橋に戻り、聞き込みをしているさなかに携帯電話が鳴った。

――浅井です。いま何処《どこ》ですか――

――新橋――

――これから会えませんか――

短いやりとりであっさり応諾した。

口も足も疲れ、頭は駄々をこね始めていた。吉田にひとりで聞き込みを続けるよう言って、『ヘミングウェイ』にむかったのだった。

マスターが水割りをつくって離れ、丸椅子に腰をおろした。

頬杖をついたまま浅井に話しかける。

「事件に興味があるのか」

「仕事です」

何食わぬ顔で言い、浅井がグラスを手にした。咽《のど》が鳴る。

「どういう意味だ。被害者を的にかけていたのか」

「いいえ。ただ、新橋の住人というのが気になります」

「ん」

「鹿取さん、新橋の再開発計画をご存知ですか」

「ああ」

「開発地域を中国ビジネスの拠点にしようとする動きがあります」

「………」

鹿取は顔をしかめた。

またか。頭の片隅で警鐘が鳴りだした。

浅井が言葉をたした。

「聞きたくなさそうですね」

「あたりまえだ。おまえと組めばろくなことにならん」

「組むはめになりそうなのですか」

鹿取は煙草で間を空けた。

――菅原さんは、根回しというか、下交渉というか、事業計画に反対の人や土地売買に消極的な地主と膝を突き合わせ、話し合っていました――

新橋商店連合会の藤崎の話が頭にある。

ためらいを捨てた。後悔はしたくない。

「被害者のデータは調べたのか」

「はい。雀の里という焼鳥店の経営者。五十八歳で、独身……」

「もういい」さえぎり、煙草を消した。「被害者は、新橋商店連合会の事務長として、再開発事業計画にかかわっていた」

藤崎の証言をかいつまんで話した。

グラス片手に聞いていた浅井が口をひらく。

「デベロッパー側に立っていたのですね」

「そういうことになる」

「じつは、そのデベロッパーに問題がありまして」

浅井の顔が締まった。眼光が増している。

鹿取は無言であとの言葉を待った。

「新橋の再開発は四菱《よつびし》不動産と中陽《ちゆうよう》商事の共同事業です」

「中陽商事……聞いたことがない会社だな」

「中国資本の新興不動産業者です」

「そんな会社と組まなくても、業界二位の四菱不動産なら単独でやれるだろう」

「中国への配慮だと思われます。近年、四菱不動産は中国本土への進出が顕著で、中国最大手の不動産会社の光和《こうわ》と連携し、都市開発事業を手がけている。中陽商事は光和の関連会社です。新橋の事業での出資率は四菱不動産が七十五パーセントなのに、共同事業と謳《うた》っている理由はほかに考えられません」

「中陽商事の業績は」

「右肩あがりです。これまでは、中国人投資家を対象に、都市部や観光地でマンション販売を行なっていました。都市開発事業に参画するのは新橋が初めてです」

「開発地域に中国企業を誘致するのが狙いか」

「中国本土の指示という情報もあるそうです」

「曖昧だな」

言って、鹿取は水割りを飲んだ。グラスを置き、浅井を見つめる。

「官邸の指示で動いているのか。官邸は中国の思惑を潰したいのか」

「企業間の正規の取引であれば、政府官邸といえども介入できません」

「建前の話はするな。官邸は、潰したいのか」

「本音はそうでしょう。アメリカも成り行きを注視していると聞きました」

「公安部への指示の中身を教えろ」

浅井が眉をひそめた。が、すぐ元に戻した。

「情報収集および関係者の監視です」

「相手の疵《きず》を見つけ、楔《くさび》を打ち込むのか」

「そういう指示は受けていません」

きっぱりと言い、浅井がグラスをあおった。液体が残りわずかになる。

鹿取はボトルを持ち、注ぎ足してやった。

「隠すな。すべて吐きだせ」

「いいのですか」

浅井がにやりとする。

鹿取は顎を引いた。悔やんでも遅い。

「公安部は、官邸の要請を受け、特別捜査班を編成しました。自分もその一員です。が、自分の的は安建明《アンケンメイ》……一本です」

「…………」

鹿取はあんぐりとした。

安建明は在日中国大使館の一等書記官である。浅井によれば、日本で諜報活動を行なう連中の元締だという。昨年の〈連続宝飾店強盗事件〉と〈故買屋殺人事件〉、三か月前の〈議員秘書射殺事件〉にも安建明の部下と思われる連中がかかわっていた。

どちらの事件でも安建明に捜査の手は及ばなかった。

しかし、安建明の名前を聞いておどろいたのではない。

強い口調と熱をおびたまなざしにあきれ返った。

浅井が水割りを飲み、息をつく。空気がゆれた。

「楊習平《ヨウシユウヘイ》が動いています」

「またあの野郎か」

吐き捨てるように言った。

千代田区麹町《こうじまち》でおきた〈議員秘書射殺事件〉の主犯。鹿取も浅井もそう確信しているのだが、実行犯は楊習平の関与を否定した。中国からの圧力を嫌い、警察上層部が早期の幕引きを図ったこともあり、楊の逮捕には至らなかった。

「楊はP&Hを廃業。大阪のマンションを引き払い、現在は代々木に住んでいます」

「家宅捜索を受けた部屋か」

「ええ。警察も舐《な》められたもんです」

「東京で何をしている」

「五月から南青山二丁目にあるコンサルタント会社に勤めています」

「そこもチャイナか」

「はい。社名は愛華《あいか》……在日中国人経営者が相手のコンサル業務、日本での起業をめざす中国人への支援を行なっています。愛華は安建明が大使館に赴任した半年後に設立、社長の中村圭吾《なかむらけいご》は経済産業省の元官僚……通商政策局アジア大洋州課の課長でした」

「いわく付きの男のようだな」

「ご明察です」浅井が目元を弛める。「中村にはスパイの疑いがあった。省内の機密事案が洩れていたようで、内部調査で中村の名前が挙がっていたと」

「真相は闇の中か」

「ええ。確証を摑《つか》めなかったそうです。強引な処分を行なえば外交問題に発展しかねない……当時、日中関係はぎくしゃくしていましたからね」

「そんなにデカパンダが恐いのか」

「………」

浅井が目を白黒させ、ややあって破顔した。

公安部の中には中国の指導者をデカパンダと揶揄《やゆ》する者もいるという。

浅井が真顔に戻した。

「楊習平は愛華の主席コンサルタントとして活動しており、コンサル契約を結んでいる中陽商事に出入りしています」

「中国大使館にも出入りしているのか」

「確認できていません。さすがに用心しているのでしょう」

「うっとうしい」

ぼそっと言い、水割りを飲んだ。

《自業自得よ》

頭のどこかで突き放すような声がした。

《ご苦労さん》

嘲るような声も聞こえた。

後頭部がずきずきする。

昨夜は新橋から赤坂へ移動し、松本を連れてクラブとバーを飲み歩いた。浴びるほど酒を飲んだ。ホステスをからかったのは憶えているが、どうやってカラオケボックスに帰ったのか記憶にない。女といる夢を見たが、めざめたとき横に女はいなかった。

自棄酒《やけざけ》だった。またしても浅井にまんまと嵌《は》められた。

「大丈夫ですか」

運転席の松本が言った。

「そんなわけないだろう。おまえは酔わなかったのか」

「途中で冷めました。鹿取さんと戯《じゃ》れ合っていた女がその気になったようで……間違いがおきれば面倒になります」

「どう面倒なんだ」

「妹が角《つの》を生やします」

「おまえ、女房と妹……二人の尻に敷かれているのか」

松本は、『M&M』の設立時に妹の美代子《みよこ》を社長に据えた。新婚旅行から帰ったあと、新妻の真規子を常務として迎え入れた。

不器用で無骨者だが、経営者としての才覚はありそうだ。己をよく知っている。

「会社を乗っ取られそうです」

「めでたい」

「はあ」

「おまえは、死ぬまで安泰というわけよ」

「そうですね」

松本がナビゲーションを見る。

「初台駅の前でいいのですね」

「ああ。三十分ほどで済ませる。どこかで待っていてくれ」

「そのつもりです」

松本があっさり返した。


京王線初台駅の前にある喫茶店に入った。

上司の山賀係長はトーストを齧っていた。いつ会っても何かを食べている。

鹿取は、無言で座り、ウェートレスにカルピスを頼んだ。けさ、寝起きにコーヒーを飲んだら吐きそうになった。煙草もすこぶる不味《まず》かった。

山賀が目をぱちくりさせた。

「目が赤いぞ」

「女にふられ、自棄酒よ」

「飲めるだけましよ」

なおざりに言い、山賀が右手を差しだした。

煙草とライターを手のひらに載せてやる。鹿取は喫いたくない。山賀が煙草に火を点けるのを待って、話しかけた。

「あんたも顔色が冴《さ》えんな」

「当然だ。まる一日経っても成果はなし。会議は通夜のようだった」

「…………」

鹿取は反応しなかった。何とも言いようがない。

きのうの夜もけさも捜査会議には参加しなかった。吉田も昨夜の会議は欠席した。ここに来る途中で吉田から連絡があったけれど、けさの会議の内容は聞かなかった。

ウェートレスがカルピスを運んできた。

ひと口飲んで止めた。味が薄い。さわやかとは程遠い。

「検視報告を教えてくれ」

「死因は頸動脈を切断されたことに因る失血死。腹部から心臓に達していた傷は、柳刃包丁のような細身の刃物で刺されたものと推定された。犯人は、まず腹部を刺し、とどめに頸部を切った……そういう見解だ」

「左半身の傷は遺棄されたときのものか」

「生体反応はなかった」

「死亡推定時刻は」

「豪雨にさらされていたせいで、先週金曜の夜から土曜の午前にかけてと幅がある。吉田によれば、被害者は金曜の午後八時まで店にいたと従業員が証言したそうだ。雀の里は午後十一時まで営業しているが、被害者は店が落ち着くその時間に帰ることが多かったと……ただし、被害者のマンションの防犯カメラは帰宅する被害者の姿を捉えていない。金曜の午前九時過ぎ、被害者がでかけるのを捉えたのが最後だ」

「ほかの日は、店からまっすぐ家に帰っていたのか」

「まちまちだ。マンションの防犯カメラの映像は解析中だが、過去二週間の映像を見るかぎり、日付が変わる前に帰宅していたようだ」

「その間の映像はひとりで映っていたのか」

「ああ。訪問者の有無はわかっていない」

「雀の里の周辺の防犯カメラはどうだ」

「映像は集めた。金曜の午後九時過ぎの映像を中心に解析中だ」

答え、しかめ面で煙草をふかした。

苛々《いらいら》しているのが手に取るようにわかる。

鹿取は首をまわして間を空けた。

「鑑識のほうはどうだ」

「お手上げさ。遺棄現場では遺留品どころか、足跡もタイヤ痕も採取できなかった。防犯カメラとNシステムの映像の解析作業も難航している。犯人が、意図して大雨警報がでているさなかに死体を遺棄したのなら、かなりの知能犯だ」

「褒めてどうする。過去の天気予報は調べたか」

山賀がにやりとした。

「金曜の夜の時点で、日曜の夕方から月曜未明にかけ、東京の都市部でも警戒レベルなみの大雨になると予想していた」

「なるほどな」

鹿取は水を飲み、もののついでのように煙草をくわえた。ふかし、続ける。

「うちの連中は何をしている」

「廣川らは親族への聴取と自宅周辺での聞き込み、青野らは交友関係をあたり、犯行現場周辺での聞き込みも行なっている」

「地取《じど》りは代々木署の担当だろう」

現場周辺での聞き込みは地取り班の範疇《はんちゅう》である。強行犯三係が担当する敷鑑《しきかん》班は被害者の親族や交友関係を調べ、ナシ割り班は遺留品から犯人に迫る。

「犯人はどうしてあの場所に遺棄したのか……青野は、土砂降りの中、死体を運び、住宅街のど真ん中に捨てた理由が気になるそうだ」

鹿取は首をひねり、煙草をふかした。不快感は消えている。

「きのう、遺体と対面したのは娘か」

「そうだ。そのあとが大変だった。娘の好江は泣き崩れて……休ませている間に引きつけをおこし、救急車で病院に搬送された。病院でわかったのだが、好江は鬱《うつ》を患い、総合病院の精神科で治療を受けていた。精神科の医師によれば、重度でないものの、感情の起伏が激しいため精神のバランスが保てなくなっているそうだ」

「いつから」

「去年の秋、好江は流産していた。五か月目に入った矢先だった。精神科で診察を受けたのは流産から二か月後のことだ」

「本人から話を聞けたのか」

「廣川が、代々木署の女性警察官を伴って病室で話を聞いた」

「入院したのか」

「搬送先の病院の医師は、心身が衰弱しているのできょうは入院させると……廣川は、医師の許可をとり、三十分間、訊問《じんもん》を行なった」山賀が息をつく。「被害者と最後に会ったのは去年の十二月、精神科を受診した一週間後だったと証言した」

「…………」

鹿取は眉根を寄せた。

菅原親子は会っていたのか。そのひと言は胸に留《とど》めた。

山賀が続ける。

「父親の顔を見たのは六年ぶりだったらしい。廣川は会わなかった理由を訊ねた。が、好江は言葉を濁した……話したくなさそうに見えたそうだ」

「夫の西村はどうしていた」

「それよ」山賀が眉を曇らせる。「西村は代々木署に来なかった。好江が救急車に乗せられたとき、廣川は西村に連絡したが、ケータイはオフだった。勤務先のラーメン店に電話をかけて話はできたが、仕事がおわったら病院に行くと言われたそうだ。で、不審に思った廣川は、好江から事情を訊いた。好江はまた激しく泣きだし、感情を乱した。医師に止められたこともあって、廣川は訊問を断念した」

「廣川は西村にも会ったのか」

　山賀が腕の時計を見た。

「三十分後……廣川は、十時半にラーメン店で会う約束を取り付けた」

「きょうも仕事をしているのか」

「おかしな野郎だろう」山賀の目が鈍く光る。「十時には仕込みがおわるので、そのあと三十分くらいならば話ができると言ったそうだ」

「娘は」

「女性警察官が病室で付き添っている。退院させるかどうか、医師の判断待ちよ」

「…………」

　鹿取は視線を逸《そら》し、煙草をふかした。

　迷うことはない。入手した西村夫妻の情報は提供しない。それが廣川への筋目だ。廣川に予断を持たせたくないという思いもある。

「おまえのほうはどうだ」

声をかけられ、鹿取は視線を戻した。

「吉田から報告を受けなかったのか」

「受けた。が、おまえからも聞きたい。再開発の件、どう思う」

「どうもこうも……新橋商店連合会の副理事長の話を聞いたに過ぎん」

「期待している」

「はあ」

「土地の売買にトラブルは付きもの……徹底的に調べろ」

「どうして念を押す」

「勘だ。ところで、どこで何をしていた」

「何の話だ」

「急用ができたと言って、吉田と別れたそうじゃないか」

「サボる口実よ。歩き過ぎた。喋《しゃべ》るのも疲れる」

「…………」

山賀が首をかしげた。瞳が端に寄る。

鹿取は無視した。

鵜呑《うの》みにするとは思っていない。山賀は猜疑心《さいぎしん》の塊である。

鹿取が一服する間も、山賀の表情は戻らなかった。

思案しているようにも見える。

「どうした」

頷き、山賀が口をひらく。

「こんなときにする話じゃないが……」

「するな。面倒な話なら聞きたくない」

「そう言うな。じつは、九月にも佐竹《さたけ》が復帰する」

「めでたいじゃないか」

鹿取は声をはずませた。

佐竹警部補は強行犯三係の仲間である。去年の冬に胃がんの摘出手術を受けた。胃のほとんどを除去したせいで体力の回復に時間を要しているという。

――中途半端な身体《からだ》で復帰しても仲間に迷惑をかける――

自宅を見舞ったとき、佐竹はそう言った。

あのときの、歯痒そうな、申し訳なさそうな顔は憶えている。

鹿取は三係の仲間の誰とでもおなじ距離を保っているので、とくに佐竹と親しかったわけではない。それでも、仲間は仲間である。

「そう。確かに、めでたい。が、頭の痛い問題が発生した。事件発生の二日前、佐竹の復帰を伝えられたあと、管理官に訊かれた。吉田をどうするかと」

「どう答えた」

「貴重な戦力だと言った。実際、俺の予想以上に頑張っている。廣川も青野も吉田を評価している。が、如何《いかん》せん、期間限定の補充要員だ」

「管理官の考えは」

「総合的に判断し、警務課に具申するそうだ」

「聞かなかったことにする。いまの話、本人はもちろん、仲間の誰にも言うな」

鹿取は目でも凄《すご》みを利かせた。

捜査一課はひとつの係が七人で構成されている。佐竹が復帰すれば誰かが異動になる。補充要員の吉田はその筆頭候補なのだろう。

そのことで自分の意見を言う立場にない。吉田を擁護するつもりもない。相棒といえども仲間のひとりである。

だが、いまは捜査事案をかかえている。仲間には職務に専念させてやりたい。

★　★

ため息がこぼれでた。

吉田は足を止め、頭上を見あげた。

空一面を覆う灰色の雲は動いていないように見える。

重く感じる空気がうっとうしい。それでなくても気分は滅入《めい》っている。朝の捜査会議がおわったあと、鹿取に電話をかけた。そのときのやりとりを引きずっている。

――会議がおわりました。これから、被害者の元妻に会います――

――まだ早いと言ったはずだ――

――証言を得ました。元妻と親しくしていたという新橋の和菓子屋の奥さんです。離婚する前、銀座で元妻と西村が腕を組んで歩いているのを見たそうです――

――それがどうした――

――重要な証言です――

――そういうことじゃない。もっと大人になれ――

――どういう意味ですか――

――自分で考えろ。おまえは四菱不動産と中陽商事をあたれ。正午に合流する――

言うなり、鹿取は通話を切った。

スマートフォンを叩きつけそうになった。頭にのぼった血はさがったけれど、いまも仕事に集中できないでいる。

雲にむかって息を吐き、ショルダーバッグを開けた。ガラスの小瓶を取りだし、氷砂糖をつまむ。殉職した父が愛用していたものである。口に入れ、奥歯で噛《か》んだ。いつもは舐めるのだが、気分がそうさせた。

スマートフォンで位置を確認する。

中陽商事は虎ノ門ヒルズの近くのオフィスビルの中にある。

あと百メートルほどか。

ゆるやかな坂道をのぼった。気温は低くても不快な汗がにじむ。

交差点にさしかかったところで立ち止まった。

植込みの陰に二人の男が立っている。

声が洩れそうになった。横顔だが、間違いない。ひとりは公安総務課の南潤《みなみじゅん》だ。四十年輩の男と何やら話している。職務中なのか。それなら声をかけないほうがいい。

吉田は肩で息をした。

白壁のオフィスビルに入った。

エントランスの案内板を確認し、エレベーターで五階にあがる。

扉が開くと、正面に受付カウンターが見えた。壁に中陽商事の文字。それを背に、二人の女が座っている。どちらも笑顔だった。

近づき、警察手帳をかざした。

「警視庁、捜査一課の吉田と申します。ビル開発部の土居《どい》さんはおられますか」

「お約束でしょうか」

長い髪の女が言った。

笑顔が消えた。ショートヘアのほうは眉を曇らせている。

「いいえ。ですが、四菱不動産の平川《ひらかわ》さんから連絡が行っていると思います」

一時間ほど前、大手町一丁目にある四菱不動産の本社を訪ねた。そちらも予約なしの訪問だったが、都市開発事業部の平川課長が応対してくれた。

――新橋商店連合会の菅原様のお名前は存じております。が、お会いしたことはありません……新橋の再開発計画で、ご協力を賜っていたことも聞き及んでおります。しかしながら、菅原様に関する情報は持ち合わせていません……用地確保等の交渉については事業パートナーの中陽商事様に一任しています……わかりました。中陽商事様に連絡し、捜査に協力するよう要請しておきます――

平川は、吉田の矢継ぎ早の質問にも丁寧に答えた。新橋の用地確保を担当している部署と責任者の氏名を聞いて四菱不動産を去ったのだった。

「お待ちください」

女が言い、固定電話の受話器を持った。

短いやりとりで受話器を置き、立ちあがる。

「ご案内します」

エレベーターの脇にある応接室に通された。

狭苦しく感じる部屋だ。四人掛けの応接セットしかない。

十分ほど待たされ、小柄な男が入ってきた。ショートボウズの小顔。ダークグレーのスーツにネイビーのスリムタイを結んでいる。

「警視庁の吉田です」

名刺を差しだした。

そうすれば、相手も名刺をよこす。予約なしで訪問するさいは捜査一課と口にすれば大半の者は面談に応じる。鹿取からそう教わった。

男が名刺入れを手にした。

「土居です」

名刺を交換し、ソファで正対した。

土居が口をひらく。

「四菱不動産に行かれたのですか」

「はい。都市開発事業部の平川さんから話を伺いました」

「どのような話をされたのですか」

「お教えできません」

吉田は声を強めた。

さぐるようなもの言いと値踏みするようなまなざしが気になっている。

土居が眉をひそめた。

小柄だが、華奢《きゃしゃ》というわけではない。四十歳前後か。姿勢が良く、賢そうな顔からも身なりからも隙は感じ取れなかった。

「新橋商店連合会の菅原さんをご存知ですね」

「ええ。平川さんからお聞きになったのですか」

「連合会の事務所の資料にあなたの名前がありました」

うそではない。が、正確でもない。被害者が事務所で使用するパソコンのメールアドレスに〈中陽商事　土居隆《たかし》〉が載っていた。被害者は日報のようなものを書き込んでいて、その中にも〈土居〉という文字があった。

四菱不動産の平川が土居の名前を告げたとき、思わず顔がほころんだ。

土居は口をつぐんだままだ。思案しているような顔にも見える。

吉田は間を空けない。

「事件はご存知ですね」

「ええ。きのう出社したあと、部下から聞きました」

吉田は視線をおとし、テーブルの端の名刺を見た。縦書きで、社名の横に〈ビル開発部用地企画課〉、名前の上に〈第一グループ　リーダー〉とある。

顔をあげた。

「何時ごろですか」

「十時前後だったと思います」

「それからどうされましたか」

「関係各所に事実確認の電話をしました」

「新橋商店連合会の事務所にも」

「いいえ。混乱しているだろうと思い、控えました」

吉田は頷いた。

連合会事務所の職員によれば、中陽商事からの連絡はなかったそうである。

「御社と被害者の関係を教えてください」

「新橋の事業計画でご支援を賜っていました。開発事業は土地ありきです。事業に必要な用地を確保できなければ、事業計画は絵に描いた餅《もち》になる。都心での用地確保は難航するのが常なのですが、新橋商店連合会と菅原事務長のおかげをもちまして、これまでのところは順調に進んでいました」

「被害者はどういうことをされていたのですか」

「地主の方々との仲介役を務めていただきました」

「御社が被害者に要請したのですか」

「いいえ。事業計画を発表する前から新橋商店連合会とは交渉をかさね、賛同していただきました。合意書も作成しました。その流れの延長線で、菅原様は事務長として連合会の会員様との仲介に尽力してくださいました」

「交渉は順調に進んでいたと言われたが、土地売却に反対もしくは消極的な方も翻意されたということですか」

「そう甘くはありません。地主様もビルフロアの借主様もそれぞれ思惑がある。が、菅原事務長のご尽力もあって、交渉そのものを拒む人はいません」

「被害者は、交渉の場にも同席していましたか」

「いいえ。それは専任の担当者の仕事です」

土居がきっぱりと言った。

話している間に、土居の表情に余裕のようなものが見られるようになった。

「その方々も被害者と接触していたのですか」

「そのように報告を受けています」

吉田は、ショルダーバッグからノートとボールペンを取りだした。

ひとりでの聞き込みのさいはメモを取りながら訊問するというわけにはいかない。会話が途切れ途切れになるし、間が空くことで相手に考える余裕を与えてしまう。相手の表情や仕種《しぐさ》を観察するのもままならない。

「専任の担当者はあなたの部下ですね」

「外部の者もいます。今回の事業は規模がおおきく、交渉の対象となる方も多いので、わたしのグループだけでは対応しきれない」

「依頼先を教えてください」

「それはご容赦ください」

吉田は顔を近づけた。

「なぜですか」

「今回の事件で、現場は困惑しています」

「事件と用地問題がリンクしているということですか」

「飛躍し過ぎです」土居が声を強めた。「リンクなど、ありえない。菅原事務長は担当者から信頼され、土地売却に消極的な方々からも好感を持たれていた」

「それなら、どうして困惑するのですか」

「交渉が順調に進んでいたのは事務長のおかげでもある。事務長が亡くなられたことで交渉が振り出しに戻るおそれも……そういう不安もあるということです」

「わかりました」

吉田はあっさり引きさがった。

用地確保の担当者を特定するのはさほどむずかしくはないだろう。

「では、新橋の用地買収にかかわっている方々の氏名を教えてください」

土居が六人の氏名を口にした。

それをノートに書いた。手を止め、視線を合わせる。

「あなたが最後に被害者と会ったのはいつですか」

「先々週の土曜日です。食事にお誘いしました」

「お店はどこですか」

「銀座の鮨屋《すしや》です」

土居は店名も言った。

想定内の質問だったようだ。

「どんな話をしましたか」

「ほとんど雑談でした。慰労の席で仕事の話は失礼です」

「そのときの、被害者の様子を聞かせてください」

「さあ」土居が首をひねる。「いつもと変わらなかったと思います」

「被害者とはまめに接触していたということですね」

「揚げ足を取らないでください。まめに接触していたのは担当者で、わたしは二、三か月に一度、感謝の気持でお誘いしていました」

「ご協力、ありがとうございました」

頭をさげ、腰をあげた。


土居と一緒に応接室を去り、エレベーターのほうへむかう。

受付カウンターの前に三人の男が立っていた。

三人ともスーツを着ている。

「ヨウさん、今後ともよろしくお願い致します」

五十年輩の男が言い、がっしりとした体軀《たいく》の男に握手を求めた。

「こちらこそよろしくお願いします。ご用があればいつでも飛んで参ります」

ヨウは笑顔で相手の手を握った。

吉田は足を止め、その様子を見ていた。

「刑事さん」土居が言う。「どうかしましたか」

三人の男がこっちを見た。

ヨウがじろりと睨《にら》んだ。

「何でもないです。お邪魔しました」

吉田は早口で言った。

エレベーターを降りたときは心臓がバクバクと音を立てていた。

逃げるように一階ロビーを通り過ぎ、路上に出た。

おおきく息をつく。右手の交差点のほうに目をやる。

公安総務課の南は先ほどとおなじ場所にいた。

ここへ来る直前に南を見かけていなければ取り乱すことはなかった。受付の前にいた男たちにも関心を払わなかったと思う。

――ヨウさん……――

あのひと言で、南を思いだした。

瞬時にして、鹿取と公安総務課の浅井管理官とのやりとりが鼓膜によみがえった。三か月前のことだ。議員秘書殺害事件の捜査は詰めの段階に差しかかっていた。

――浦山《うらやま》はカネ、楊習平は本国のため、研究所のプログラマーの永島《ながしま》を利用し、新薬開発の機密情報を入手した――

鹿取の話を聞いて、楊習平が中国の産業スパイだと気づいた。それまでも楊習平の名前は耳にしていたが、何者なのか鹿取から教えられていなかった。

二人のやりとりから、楊が殺害事件の首謀者だということも察知した。

だが、殺人の実行犯を逮捕しても、捜査の手は楊にまで届かなかった。

吉田は、交差点とは反対方向へ歩き、ビル陰に身をひそめた。

ほどなくして、ヨウがあらわれた。

ヨウが楊習平であるとの確証は持てない。楊の写真すら見ていないのだ。

ヨウが路肩に立ち、手を挙げる。

そのむこうで、南が動く。路肩に停まるグレーのセダンに乗った。

タクシーとセダンが走り去るのを見届け、スマートフォンを手にした。が、電話をかけるのは思い留まった。鹿取とは正午に会う約束をしている。


虎ノ門から新橋方面へ歩いた。

SL広場の手前を右折し、信号を渡る。

木造二階建ての前で立ち止まり、時刻を確認した。正午まで小一時間ある。

歩いている間も胸の鼓動は鎮まらず、想像はひろがる一方だった。

あの状況から察し、公安部が楊習平を監視しているのはあきらかである。受付カウンターの前での会話を聞いたかぎり、楊習平と中陽商事は仕事でつながっている。

そんなことはどうでもいい。今回の殺人および死体遺棄事件に楊習平もかかわっているのか。事件の背景に公安事案があるのか。

頭をふって想像を追い払った。息を整え、呉服屋のガラス戸を引き開ける。

三畳間の中央に小柄な女がぽつねんと座っていた。七十歳は超えているか。紺地に白の小花を散らした絣《かすり》のワンピースを着ている。

「こんにちは」やさしく声をかけた。「警視庁の者です」

女がきょとんとし、ややあって口をひらく。

「警視庁……菅原さんの……」

「はい。ここのご主人ですか」女が頷くのを続ける。「被害者があなたと親しくしていたと聞き、訪ねました」

「そうですか。どうぞ」

女が座布団を差しだした。

それを固辞し、上り框《がまち》に腰をおろした。

「被害者とのつき合いは長かったのですか」

「ええ。あの人が商売を始めたときから……お店で使う暖簾《のれん》を頼まれたのが縁でした。あの人はひとまわりほど歳下だったけど、妙に馬が合って……娘さんの七五三の衣装も、成人祝の振り袖もうちで拵《こしら》えたのよ」

「そうでしたか」

「あの人は運がなかった」女が吐息をこぼした。「お店は順調だったのに……離婚は仕方ないとして、重い病気を患い、仲睦《なかむつ》まじかった娘には出て行かれ……あげく、無残に殺されるなんて……神も仏もあったもんじゃない」

「どういう方でしたか」

「無骨者よ。でも、人情があった。病気を患う前は町内のお祭りで御輿《みこし》を担いでいた……新橋の男ね。仲間意識が強い新橋でも、ああいう人はすくなくなった」

しんみりとしたもの言いだった。

吉田は、ひと息ついてから話しかけた。

「被害者は、新橋商店連合会の事務長をされていたそうですね」

「ええ。新橋のためなら、ひと肌も二肌も脱ぐ人だったから」

「最近は、ここの再開発の件でご苦労されていたと聞きました」

「………」

女が眉をひそめた。

――反対派の筆頭は呉服屋の女主人……家も土地も手放さないと息巻いている――

――菅原さんなら何とかすると期待していたのだが――

――呉服屋の女主人さえ説得できれば……でも、一筋縄では行かないだろう。何しろ五代目で、明治の昔から新橋に根を張っているから――

新橋商店連合会の会員らの証言である。

「あなたは、再開発に反対されているとか」

「反対じゃないよ」声が強くなる。「でも、土地は売らない。暖簾も降ろさない。ご先祖様にも死んだ主人にも申し訳がないからね」

「被害者にもそう言われたのですか」

「もちろん。あの人も理解はしてくれていた。ただ、あの人も立場があるから……」女が肩で息をする。「土地を売っても、暖簾は護《まも》れると……近くの代替地とか、あたらしく建つビルの商業フロアを確保するとか……そんなことじゃないのよね」

「話は平行線をたどったままだったのですか」

「そうね」

「妥協点は見いだせなかった」

「わたし、ここで、この家で死にたいの」

「……………」

吉田は口をつぐんだ。

返す言葉を失った。

——この家と、あなたを護る……それが、わたしの運命なの——

母の言葉を思いだした。

ガラス戸が開き、女が入ってきた。浴衣を着ている。五十歳前後か。

「おかあさん。見て。反物を頂戴したの」

言って、女が風呂敷包みを畳に置いた。

「ちょいと、あんた。お客様に失礼でしょう」

女が目をぱちくりさせたあと、吉田に顔をむける。

「ごめんなさい。わたし、うかれていて……」

女が深々と頭をさげた。

「この子」女主人が言う。「おっちょこちょいなの。売れっ子の新橋芸者なのに」

「きれいな方ですね」

笑顔で返し、腰をあげた。

たいして収穫はなかった。が、気分は悪くない。

暴れていた心臓もおとなしくなった。


雑居ビルの階段をのぼり、喫茶店の扉を開けた。

鹿取は窓に顔をむけ、煙草をくゆらせていた。ＳＬ広場を見下ろせる。

吉田は正面に座り、ウェートレスにアイスレモンティーを頼んだ。

鹿取の前のコーヒーカップはほとんど空になっている。

「早く来たのですか」

「ひまなもんで」鹿取が目を合わせた。「どこを回った」

「デベロッパーの四菱不動産と中陽商事、新橋の老舗《しにせ》呉服屋です」答え、鹿取の目を見つめる。「中陽商事で楊習平を見かけました」

「………」

　鹿取の眼光が鋭くなった。口は結んだままだ。

「受付カウンターの前で、中陽商事の社員と思しき二人と立ち話をしていました。そのとき、ひとりがヨウさんと言いました」

「短絡的だな。おまえは楊を見たことがあるのか」

「ないです。写真も見ていません。が、三か月前の、鹿取さんと浅井管理官のやりとりは憶えていました。それだけなら短絡的と言われても仕方ないけど」顔を寄せる。「見たのです。浅井管理官の部下の南さんを……中陽商事のビルに入る直前、南さんはビルの植込みの陰に立っていた。中陽商事から出てきた楊のあとを追いました」

「南に声をかけたのか」

「いいえ。同僚と張込み中のようだったので素通りしました。楊が気になり、中陽商事を出たあと様子を窺《うかが》っていました」

　鹿取が無言で携帯電話を手にした。ショートメールを送ったか。一分も経たない内に携帯電話がふるえ、青く点滅した。鹿取が画面をむける。

「この男か」

「そうです。間違いありません」

吉田は咳《せ》き込むように言った。

鼓動が速くなった。顔が紅潮するのがわかる。

「立ち話をしていた相手の名前は」

「聞いていません」

また鹿取が携帯電話を操作する。ショートメールを送信し、口をひらく。

「スマホをだせ」

言われたとおりにした。

ウェートレスがグラスを運んできた。

同時に、スマートフォンの着信ランプが点灯した。

画面に六人の男の顔がある。

「その中にいるか」

「はい。右上の男です。この男がヨウさんと……」視線をあげる。「誰ですか」

「知らん」

「そんな」

「知りたければ、公安部に異動しろ。俺はかかわらん」

「…………」

吉田は唖然《あぜん》とした。

いつものらりくらりと質問をはぐらかす。わかっていても納得はしない。まして、楊習平は前回の事件で取り逃がした主犯格の男である。

「浅井には借りがあるから確認したまでよ」

「ほんとうですね」目でも念を押す。「今回の事件に楊は絡んでいないのですね」

「そんなことはわからん」

鹿取が面倒そうに言った。

吉田は頭をふった。

取り付く島もない。毎度のことながら死ぬまで慣れそうにない。

鹿取がふかした煙草を消した。

「成果を報告しろ」

「四菱不動産ではあっけなく袖にされました」

言って、四菱不動産の平川と中陽商事の土居とのやりとりを詳細に話した。

鹿取は腕組みして聞いていた。

ストローを口にしたあと言葉をたした。

「教えてください。用地買収はどういうふうに行なわれているのですか」

「四菱不動産の平川の話は真に受けていい。交渉の進捗状況は把握しているだろうが、メインのデベロッパーは現場に立たん」

「なぜですか」

「土地売買の交渉は一筋縄では行かん」

「具体的に教えてください」

「土地の売買交渉は当事者同士のカネの駆け引きだけでは済まん。それに群がるやつらもいる。都市部の開発は様々な利権が発生するからな。群がるやつらに対抗するため、事業者側は、カネ、政治力、暴力……使えるものは何でも利用する」

「わかりました。でも、どうしてデベロッパーは自社でやらないのですか」

「手を汚したくない。政治力には賄賂《わいろ》、暴力には反社会勢力が付きもの……それが公になれば、司法やマスコミが動き、企業への信頼が失墜する。社内から逮捕者がでれば、公共事業への参入を禁じられることもある」

「だから、汚れ仕事は外部に委託するのですか」

「そういうことだ」

「中陽商事も四菱不動産とおなじ発想なのでしょうか」

「餅は餅屋……その道のプロにまかせたほうが仕事は早い。万が一、司法やマスコミの餌《え》食《じき》になっても、そういう指示はしていないと言い逃れできる」

　吉田は目をしばたたいた。

「プロって、どんな人ですか」

「示談屋とか交渉人とか……関西には捌《さば》き屋と称する輩《やから》もいる。おまえ、地上げ屋という言葉を知っているか」

「昭和のバブル期、土地の転売で荒稼ぎしていた連中ですね」

「連中の背後には大手の不動産業者がいた。一匹狼《いっぴきおおかみ》を気取るやつにも……地上げ屋は闇雲に土地を買い、転売していたわけじゃない。不動産業者の事業計画を知った上で、カネになりそうな物件を漁っていた」

「へえ」頓狂《とんきょう》な声がでた。「地上げ屋、いまもいるのですか」

「ああ。が、連中は個人ではなく、組織の一員として動いているそうだ。社員が数人規模の設計会社とか、コンサルタント会社とか」

今度は目を剝いた。

「もしかして、楊は……」

声を切った。

鹿取の凄むような目つきに気圧《けお》された。

「勘が冴えているじゃないか」

「ええっ」

「楊習平は、コンサル会社に籍を置いているそうだ」

「…………」

目がくらみ、倒れそうになった。

鹿取が煙草を喫いつける。ゆっくりとふかし、目を合わせた。

「楊の話はここまで。ほかに質問は」

吉田は、アイスレモンティーを飲んでから口をひらいた。

「被害者の娘と、娘の夫の件、まだ納得がいきません」

怒鳴られるのを覚悟で言った。

鹿取が首をひねった。

機嫌を損ねたようには見えない。

「鹿取さんは、まだ早いと……つまり、あの時点では関心を持っていたのでしょう」

「いまも、ある」

「それならどうして止めたのですか」

「被害者の身内は廣川にまかせる」

「本音ですか」

「ああ」

「信じられません。仲間であろうと遠慮はするな……以前、そう言われました」

「憶えてない。俺はうそつきの、カメレオンよ」

「茶化さないで、ほんとうの理由を教えてください」

むきになった。血がのぼりかけている。

鹿取が煙草をふかした。あいかわらず表情は変わらない。

「娘の夫と娘の母親がデキていたとして、どう事件に結びつく」

「それはこれからの捜査で……鹿取さんは、なぜ関心があるのですか」

「事件の背景の一部分……その程度よ。娘が鬱病なのを知っているか」

「はい。けさの会議で報告がありました。救急車で病院に搬送されたことも、廣川警部補が病室で訊問を行なったことも、知っています」

「廣川は、鬱病になった原因を気にしている。被害者が離婚した背景、西村の態度と行動にも……廣川の眼力は確かだ。信頼しろとは言わんが、まかせてやれ」

「…………」

吉田は眉尻をさげた。

いつもと勝手が違う。頭にのぼりかけた血が動かなくなった。

鹿取が続ける。

「被害者と娘は、去年の暮れに会ったそうだ。去年の秋、娘は流産で子を亡くした。その二か月後、精神科医師の診察を受け、軽度の鬱と診断された。被害者と六年ぶりにあったのはそれから間もないことだ」

「そうだったのですか」

力なく言った。

けさの会議で、そういう報告はなかった。

そのことにも腹は立たない。刑事の習性は鹿取に教え込まれた。三係の仲間がばらばらに動いても最後には結束する。それは身を以《もっ》てわかっている。

「おまえは、新橋に腰を据えろ」

「用地買収の動きをさぐるのですね」

「視野が狭い。的は絞るな」

「…………」

「もうひとつ、楊習平のことは忘れろ」

「なぜですか」

「公安部の的よ。おまえが楊の周囲をうろちょろすれば、浅井が迷惑する」

「事件とつながれば……」

あとの言葉は咽に留めた。

鹿取の、射るようなまなざしにひるんだ。

自宅の玄関に灯がともっている。

肩がおちた。心も軽くなる。何年経っても変わらない。

門扉と玄関の戸に施錠し、キッチンへむかった。

「お帰り」

母の元気な声がした。

紺色のスエットの上下を着ている。時刻は午後十時を過ぎたところだ。日記をかいていたのか、テーブルにノートとボールペンがある。

吉田はショルダーバッグをおろし、椅子に腰かけた。

母がお茶を淹れてくれた。

「どうしたの」

「えっ」

「ものも言わないで……嫌なことがあったようには見えないけど」

吉田は苦笑を洩らした。

いつも、母はさりげなく自分を観察している。が、嫌ではない。母の愛情なのだ。本音で話せる唯一の相手でもある。

「うどんを食べようか。派遣先で讃岐《さぬき》うどんをいただいたの」

「さっぱり、ざるうどんがいい」

「わたしも」

笑顔で返し、母が腰をあげた。

吉田は席を立ち、二階で着替えを済ませて戻ってきた。

キッチンには鰹節《かつおぶし》の匂いがひろがっていた。

テーブルに料理をならべ、母が椅子に座る。

腹の虫が鳴いた。夜の会議が始まる前にカレー屋のカレーライスを食べたきりだ。汁《つゆ》におろし生姜《しょうが》と刻みネギをおとした。うどんをすする。

母は手を休め、目を細めていた。

「食欲はありそうね」

「うん。でも、食事をたのしめるのは我が家だけよ」

「大変な事件みたいね」

吉田は眉を曇らせた。

「人間はあそこまで残酷になれるのかと……これまでいろんな犯人を見てきたけど、犯人に憎悪を抱いたのは今回が初めて」

「そのこと、鹿取さんに話したの」

「うん。返ってきた言葉は、感情を捨てろ……わたし、頭にきた」

「鹿取さんは、あなたのことを心配しているのよ」

「そうかな」

「刑事も人だから心も感情もゆれる。でも感情が先走りすれば冷静な判断ができなくなって、仕事でミスを犯すリスクが高くなる」

「それもおとうさんの受け売り」

「あなたを見て、勉強しているの」

「反面教師みたいで、嫌だな」

「そんなことない。わたしの仕事にも役に立っている」

母は介護の仕事をしている。ホームヘルパー一級の資格を取得してからは特別養護老人ホームへ派遣されることが多くなったという。

かつて、父は渋谷署の刑事だった。職務をおえ、渋谷センター街で母の誕生日プレゼントの品を物色しているさなかに挙動不審な男を見かけた。警察手帳をかざし、職務質問しようとしたところ、いきなり拳銃で撃たれた。

父が殉職したあと、母は、家と娘を護るために介護の仕事を始めたのだった。

肩をすぼめ、吉田は箸《はし》を動かした。

糠漬《ぬかづ》けのナスをつまんだ。母は、父の好物だった糠漬けをいまも作っている。

「美味《おい》しいナスね」

「大阪の水ナス……それも派遣先のおばあちゃんからいただいたの。旬《しゅん》の時期は過ぎたけど、糠漬けにすれば美味しいって教えてくれた」

「おかあさんの人徳ね。人に恵まれている」

「あなたも」

吉田は首をひねった。

そんなふうに思ったことはない。恵まれていないとも思っていない。

昼間の鹿取とのやりとりがうかんだ。

母が顔を近づける。

「どうしたの」

「きょうの鹿取さん、変だった」

「どういうこと」

「わたしに指示しても、理由は教えてくれない。質問してもはぐらかして……そもそも、自分が持っている情報をわたしには教えない。それなのに、きょうは親切丁寧。わたしが訊かないことまで教えてくれた」

母はにこにこしながら聞いている。

「どういう風の吹き回しなのか……鹿取さんにかぎって、心境の変化などあるわけがないし……よほど機嫌がよかったのかな」

「やっぱり、あなたのことが心配なのね」

「そうかな」

そんなふうには思えない。
鹿取に対しては信頼の念と反発の情が入り混じっている。
親切丁寧に説明してくれたけれど、肝心要の部分は煙に巻かれた。
――今回の事件に楊は絡んでいないのですね――
――そんなことはわからん――
あのときはいつもの鹿取に戻っていた。
――楊習平のことは忘れろ――
最後には念を押された。
被害者の元妻と娘夫妻の件も頭にへばり付いている。

★　　★

のんびりと朝風呂に浸《つ》かった。頭髪を洗い、髭《ひげ》を剃《そ》る。

きょうは頭がすっきりしている。酒量がすくなかったせいだろう。きのうは吉田と新橋を歩き回った。吉田を夜の会議に行かせたあとも新橋に残った。焼鳥屋『雀の里』の近くの飲食店で店主や従業員から話を聞いた。まじめに聞き込みをしたのは何年ぶりか。午後十時を過ぎて『ヘミングウェイ』を覗いた。めずらしく二組の先客がいたので軽く一杯ひっかけて赤坂のカラオケボックスに帰ったのだった。

水のシャワーを浴び、バスタオルを腰に巻いた。

「おはようございます」

元気な声がした。

カウンターの中に松本がいる。

「来たのか」

「はい」

「迷惑な」

「何とでもおっしゃってください」

まったく意に介するふうもない。

糠に釘《くぎ》、暖簾に腕押し。どっちでもいい。挨拶代わりの、戯言《ざれごと》である。

松本がグラスに氷を入れ、水を注ぐ。酢橘《すだち》を搾《しぼ》った。

ひと口飲んで頬を弛め、二口でグラスを空けた。口中にさわやかな香りが残った。

松本がコーヒーを淹れ、ソファに運んだ。

鹿取は寝室へ行き、白のジャージに着替えてリビングに戻った。

ソファに座るなり、松本が口をひらく。

「西村はおどおどしていました」

「ん」

「きのう、四時から飲食店組合の会合がありまして……むこうから近寄ってきました。昼間に刑事が訪ねてきたそうです」

「何を訊かれた」

「そこまではわかりません。が、自分は疑われているんじゃないかと」

「ふーん」

曖昧に返し、コーヒーを飲む。エチオピアモカのストレート。寝起きの定番である。

ソファにもたれ、煙草を喫いつけた。

「退屈で」

松本がぼそっと言った。

「家庭円満でいいじゃないか」

「そうなのですが……未《いま》だ、平和になれないようで」

言いおわる前にチャイムが鳴った。

誰でしょう。松本が目で訊いた。

「浅井よ」

鹿取はリモコンで解錠した。

ドアが開き、公安総務課の浅井が入って来た。

パジャマを脱いでいるとき携帯電話が鳴った。

──浅井です。これから会えますか──

──赤坂に来い。一時間後だ──

浅井との電話でのやりとりはいつも短い。

松本が浅井に挨拶し、顔をむけた。

「自分はどうしましょう」

「行くところがないんだろう」

「はい」

声をはずませ、松本がカウンターへむかった。

浅井が上着を脱ぎ、ソファに腰をおろした。

「きのうは、貴重な情報を、ありがとうございます」

「もっと気持を込めて言えんのか」

「感情表現が苦手なもので」

澄ました顔で答えた。

おまえら、俺をばかにしているのか。

声にはしない。それも戯言になる。煙草をふかし、話しかける。

「楊と立ち話していたのは何者だ」

「中陽商事の執行役員、若生則文《わこうのりふみ》です。営業本部長を兼務しています。八年前まで四菱不動産に勤めていました」

「若生もおまえの的か」

「いいえ。中国資本の中陽商事は公安部が注視しており、役員らの個人情報は入手していた。彼らの監視を始めたのは特捜班を立ちあげたあとです」

「特捜班は、楊と若生の関係を把握していなかったのか」

「残念ながら……楊は、愛華に入社してから四回、中陽商事を訪ねています。が、社内で誰と接触していたのか、わかりませんでした」

「そとでは会ってないわけか」

「ええ。楊が最初に中陽商事を訪ねた日、中陽商事の副社長と食事にでかけました。楊が中陽商事の役員と外出したのはその一度きりです」

「………」

鹿取は首をまわした。

聞き役に徹するほうがよさそうだ。

松本がコーヒーを運んできた。

それに口をつけ、浅井が視線を戻した。

「若生の転職と、四菱不動産が中国進出を本格化させた時期は合致します。昔から若生を知る者によれば、円満退社だったそうで、転職後の若生は四菱不動産と中陽商事をつなぐ役割をしていたのではないかと……四菱不動産にいたころの若生は開発地域の用地確保で辣腕《らつわん》を振るっていたとの情報もあります」

「マル暴とのつながりは」

「調査中です」

「チャイナはどうだ」

「それも調査中です」浅井が息をつく。「捜査のほうはどうですか」

「なんで訊く。おまえのほうがくわしいだろう」

公安総務課は公安部の、というよりも、警務部と双壁《そうへき》の、警視庁の中枢部署である。警務部は組織を掌握し、公安総務課は警察情報を網羅、管理している。当然、どこの部署の情報も入手でき、捜査資料を閲覧できる。

「捜査員の日報も、捜査報告書も中身がありません。頼りは鹿取さんだけです」

「ふん。おまえの口車には乗らん」

「それでも、公安事案に近づいている……宿命ですね」

浅井がにやりとする。

スツールに腰かける松本が咳き込んだ。笑いを堪《こら》えたのだ。

「マツ、俺の紺のジャケットを持ってきてくれ」

松本が寝室に消え、すぐに戻ってきた。

鹿取はポケットをさぐり、名刺をテーブルに置いた。きのう、吉田から預かった。

「新橋の用地確保を担当しているのはこの男らしい」

「用地企画課の土居隆……」

浅井がつぶやき、手帳にボールペンを走らせる。

鹿取は別の紙も取りだした。

「被害者が新橋商店連合会の事務所で使っていたパソコンのメールアドレスだ」

浅井が左手で紙を持った。じっと見たあと、視線をあげる。

「記憶にある名前は見あたりません」

「何でもかんでも公安事案と結びつけるな」

浅井が苦笑をこぼした。

「この中に、鹿取さんが気になる人物はいますか」

「皆、気になる。で、頼みがある。それに載っている人物を調べてくれ」

「捜査本部《チヨウバ》は精査していないのですか」

「もちろん、やっている。が、俺はおまえに頼んでいる」

「わかりました」

「これも頼む」

言って、鹿取はメモ用紙を手渡した。

新橋商店連合会の事務所にあったファイルから書き写したものだ。連合会に加入している九人の名前がある。

「上の三人は開発計画そのものに反対している。ほかの六人は土地売買の交渉が難航している相手だ。全員の個人情報がほしい」

きのう、交渉の席に着いている六人から事情を聞いた。温度差はあるが、六人とも開発計画には賛成していた。それでも、カネの話は別のことなのだ。

――再開発予定地には連合会に加入していない地主や経営者もいる。その人たちに提示した金額は会員の自分らよりも多いといううわさも聞いた――

そう言って、連合会の対応に不満をぶちまける者もいた。

被害者は主に再開発計画に反対する三人を説得していたそうで、吉田が事情を聞いた呉服屋の女主人はそのひとりである。被害者はほかの六人にも接触していたが、土地売買の交渉の場には同席しなかったという。

「マッ、うどんはあるか」

「ソーメンならあります。あと、簡単にできるのはパンですね」

「サンドイッチを頼む」

「がってん」

松本がカウンターの中に入った。

ふかした煙草を消し、浅井と目を合わせる。

「被害者のケータイの通話記録は持ってきたか」

「はい」

浅井がセカンドバッグのファスナーを開けた。

けさの電話で浅井に頼んだ。捜査本部も被害者の携帯電話および固定電話の発着信履歴を入手しているはずだが、浅井のほうが手っ取り早い。

紙を手にし、話しかける。

「この中に公安部の的はいたか」

「いません」

「位置情報で、被害者の足取りを追えそうか」

浅井が首をふる。

「被害者のケータイは旧式のガラケーで、ＧＰＳ端末が付いていません」

鹿取は頷いた。

上司の山賀が被害者の携帯電話について話さなかったのはそのためか。

松本が白磁の皿とマグカップを運んできた。

玉子焼きとトマト、ハムとレタス、ハムとチーズ。松本は調理が手早い。

浅井がオニオンスープを飲んだ。こくりと頷く。

鹿取はひと切れずつ食べ、ティッシュで口元を拭った。煙草を喫いつける。

皿が空になるのを待って口をひらいた。

「吉田は、楊習平に睨まれたそうだ」

たちまち、浅井の目が鋭くなった。

「土居の、刑事さんという言葉に反応したのか。あるいは、吉田を知っていたのか」

「知っていた可能性はあります」浅井が即答した。「吉田に伝えてください。身辺で何かあれば、南に連絡するよう……南は楊に張り付いています」

「伝えておく」

鹿取は煙草を消した。

浅井が話しかける。

「でかけるのですか」

「中陽商事が業務委託した設計会社に行く」

「そこが土地売買の交渉を担当しているのですか」

「きのう事情を聞いた六人全員、新都《しんと》設計事務所の者と話し合っていると……当初は中陽商事の社員だったが、途中から新都に代わったそうだ」

浅井がボールペンを持った。

「担当者の名前も聞きましたか」

「所長の福山《ふくやま》と企画部長の成田《なりた》。被害者のパソコンのメールアドレスにも、この通話履歴にも二人の名前がある。福山は新橋商店連合会の事務所にも出入りしていた」

「新都設計事務所に関する情報も集めます」

「頼む」

鹿取は立ちあがった。

松本が車のリモコンキーを手にした。

「おまえは自分のオフィスに戻れ」

「それはないでしょう」

松本が口をとがらせた。

浅井がにやにやしている。


赤坂通りを乃木坂方面へ歩き、階段をあがった。外苑東通りを左へ進む。

東京ミッドタウンの前の信号機のそばに、吉田が立っていた。

黒のタンクトップにグレーのパンツスーツ。代り映えしないことこの上ない。

「拳銃《チャカ》は携帯しているか」

「危険な相手なのですか」

「刑事が一歩そとに出れば何がおきるかわからん」

「………」

吉田が眉を曇らせた。

「この近くか」

「はい。この横断歩道を渡った先の右側のビルにあります」

信号が変わった。

歩きながら、吉田が話しかける。

「あのあと、収穫はありましたか」

「ない。会議のほうはどうだった」

「進展がありません。廣川さんは欠席していました」

「まだこだわっているのか」

「性分なもので」

「そうですか」

おざなりに返した。

「鹿取さん、新都設計事務所は地上げ屋なのですか」

「知るか」

「そんな……きのう、教えてくれました。バブル期に暗躍した地上げ屋はいまも存在する……ちいさな設計会社やコンサル会社に籍を置いているとも……」

「忘れた」

吉田がわざとらしくため息をつく。

「予断は持つな。行けばわかる」

「自分は、その方面の知識がありません」

「きょうで知識が増える」

「きのうとは別人ですね」

「はあ」

「何でもありません。訊問は、お願いします」

吉田が怒ったように言った。


間口が七、八メートルの、七階建てのテナントビルに入った。エントランスの案内板を見てエレベーターで四階にあがる。

通路の左側はエステサロン。ガラス窓越しにピンクの服を着た女が見えた。

右手のドアを開ける。

三十平米ほどのフロア。四つのスチールデスクが島をつくり、その奥にローズウッドのデスクがある。右側の部屋は所長室か、応接室か。

二人の男女がデスクのパソコンを見ていた。どちらも三十歳前後か。ほかの二つは空席で、奥のデスクのハイチェアには五十年配の男が座っている。

手前のデスクにいる男が顔をむけた。

「どちら様ですか」

ぶっきらぼうなもの言いだった。

白と紺のストライプのシャツを着ている。ネクタイは締めておらず、はだけた胸元からゴールドのネックレスが覗いている。

ブロックヘアの下の、値踏みするような目つきがうっとうしい。

「警視庁の者だ」

「えらそうに」

男が顔をゆがめる。

「小林《こばやし》、言葉を慎め」

奥のデスクの男が声を発し、ゆっくり立ちあがった。

「すみませんね」笑顔で言い、近づいてくる。「所長の福山です」

鹿取は警察手帳をかざした。

「捜査一課の鹿取。警察は苦手か」

くだけた口調で言った。

「とんでもない。どなた様でも大歓迎です。どうぞ、こちらへ」

言って、福山が右側のドアを開けた。

応接室はひろかった。六人が座れる黒革ソファがガラスのテーブルを囲んでいる。壁に油彩の風景画。五十号はありそうだ。

女がお茶を運んできて、ものも言わずに立ち去った。

福山が口をひらく。

「新橋の菅原さんの件ですか」

「親しくされていたそうですね」

「仕事のつながりですよ。しかし、菅原さんにはお世話になった。余人を以ては代えがたい人を亡くした……残念です」

神妙な顔で言った。

身長は百八十センチほどか。淡いピンクのワイシャツの上からでも胸筋の盛りあがりがわかる。短髪に角張った顔はやくざ者に見えなくもない。

鹿取はゆさぶりたくなった。

「中陽商事から、土地の売買交渉は御社に委託していると聞きました。御社は、不動産関連のトラブル処理を本業にしているのですか」

福山が首をひねる。額に二本の溝ができた。

「設計事務所だから、建築士の資格を持った方はおられますよね」

「あたりまえでしょう」憮然《ぶぜん》として言う。「副所長の鈴木《すずき》は二級建築士です」

「そうですか」

さらりと返し、お茶を飲んだ。首をまわしてから口をひらく。

「被害者は再開予定地の地主らと話し合っていたそうだが、御社が依頼したのですか」

「新橋の仕事を請け負うさい、中陽商事から新橋商店連合会を紹介された。その延長で、被害者に協力をお願いした次第です」

「被害者とはまめに連絡をとっていたのですか」

「仕事の話があるときは……個人的なつき合いではなかった」

「最後に会われたのは」

「先週の月曜です。今後の方向性について打ち合わせをした」

吉田がボールペンを動かした。

それを横目に、鹿取は質問を続ける。

「何時に、どこで」

「四時に、新橋の第一ホテル東京の一階ラウンジで会いました」

「二人で」

「そうです」

「そのあと、電話かメールのやりとりはありましたか」

「その週の木曜、電話をかけ、状況を聞きました」

福山がすらすら答える。

警察の事情聴取を予期していたかのようだ。

「被害者は、御社の成田という方とも連絡をとっていたようだが」

「あいにく、成田はでかけています」

「…………」

鹿取は眉をひそめた。

質問をさえぎるようなもの言いが勘にふれた。

「成田さんも新橋の仕事をしているのですか」

「わたし以下、全員であたっている」

「全員が被害者と接触していたのですか」

「いいえ。わたしと成田の二人です」

吉田に目をやり、間を空ける。

「ところで、仕事は順調ですか」

「ん」

「開発予定地の土地の売買交渉ですよ」

「ご想像におまかせします」

「そうは行かない」声を強め、顔を寄せる。「人ひとり死んでいるんだ。被害者は再開発計画にかかわり、御社ともつながっていた」

「それがどうした」

福山が凄むように言い、目でも威圧する。

鹿取は睨み返した。

「被害者と地主、もしくは、御社と地主の間で悶着《もんちゃく》がおきていたのですか」

「悪いが、答えられない。交渉の内容は機密事案でしてね。それでなくても、あんな事件がおきて、こっちは迷惑している」

「迷惑だと。世話になった人が殺されて……それが本音か」

「刑事さん、堅気を威《おど》してどうする」

「笑わせるな。一般市民が堅気という言葉は使わん。署で話をするか」

「ふざけるな」福山が怒声を発した。「引っ張りたければ令状を持ってこい」

言いおえる前にドアが開いた。

小林が飛び込んできた。顔が赤い。

「所長、どうかしましたか」

福山がものを言う前に、鹿取は声を発した。

「雑魚は引っ込んでいろ」

「なんだと」

小林が目の玉をひん剝いた。

「やめろ」福山が一喝した。「刑事の挑発に乗るな」

吉田に目配せし、鹿取は腰をあげた。

「出直す。首を洗って待っていろ」

小林の肩を手で払い、応接室を出た。


路上に立つなり、吉田が話しかける。

「喧嘩《けんか》を売りに行ったのですか」

「感想を聞かせろ」

「あれが地上げ屋ですか」

「どうかな。俺は、昭和の地上げ屋と対面したことがない」

「どうして、所長の神経を逆なでしたのですか」

「あの手のタイプは苦手なもんで」

「令状をとるのですか」

「とるには理由がいる」

「………」

吉田がぽかんとした。

「腹が減った。どこかで飯を食おう」

「そのあとの予定は」

「新橋に行く」

「それなら、ニュー新橋ビルの地下に美味しい炒飯《チャーハン》の店がありますよ」吉田が腕の時計を見る。「人気店なので入れるかどうか……」

答えず、鹿取はタクシーにむかって手を挙げた。

ニュー新橋ビルの地下からエスカレーターに乗った。

炒飯店には行列ができていたのでおなじ通路の蕎麦屋《そばや》で昼飯を済ませた。

二階にあがる。

吉田が目をきょろきょろさせ、うつむいた。目のやり場がなさそうだ。

フロアには五、六人の女が屯《たむろ》していた。ミニのワンピースを着た中年の女もいれば、白衣姿の若い女もいる。皆が、通路を歩く二人連れの男を目で誘っていた。二階のメイン通路にはマッサージ店が軒を連ねている。ニュー新橋ビルの解体が決まったあと、短期の賃貸契約で風俗店を開業する者が増えた。従業員の大半は出稼ぎの外国人だという。

喫茶店に入った。

まもなく午後一時になる。混雑していたのか、三人の店員が慌ただしくテーブルを片付けている。半分ほどの席が空いていた。

鹿取はひろい店内を見渡したあと、通路側の席に座った。

「誰かと待ち合わせですか」

吉田の問いに頷いて返し、ウェートレスにコーヒーを注文した。

ほどなく、ずんぐりとした男が入ってきた。

前頭部が禿《は》げあがったまるい顔は脂ぎって見える。沼田《ぬまた》幸三《こうぞう》、五十七歳。新橋三丁目のテナントビルの二階で漫画喫茶を経営している。

きのうの夜、ひとりでその漫画喫茶を訪ねた。沼田は不在で、店長と話した。その場で店長に連絡してもらい、会う約束を取り付けたのだった。

沼田の顔は店長のスマートフォンの画像で確認済みである。

「沼田さん」

鹿取は声をかけた。

吉田が鹿取のとなりに移り、顔を近づける。

「誰ですか」

「直にわかる」

沼田が寄ってきて、腰をかがめる。

「刑事さんですか」

「捜査一課の鹿取です」

「おなじく、吉田です」

吉田のほうは警察手帳をかざした。

鹿取の正面に腰をおろし、沼田がウェートレスにトマトジュースを頼んだ。

鹿取は、沼田を見据えた。

「さっそくですが、亡くなられた菅原伸孝さんをご存知ですか」

昨夜の電話では、殺人事案の捜査で訊ねたいことがあるとしか言わなかった。

「ええ。新橋商店連合会の会合で何度か話したことがあります」

「それだけですか」

「………」

沼田がきょとんとした。

「被害者は、再開発事業にかかわり、事業者と地主の仲介をしていたそうですね」

「そのことは知っています。が、わたしは、再開発予定地にあるビルのフロアを借りて営業している。地主ではないので、その件で菅原さんと話したことはなかった」

「では、どこの誰と交渉しているのですか」

雑居ビルの持主とはきのう会い、話を聞いた。

――わたしは、再開発事業のデベロッパーとは土地を売却することで基本的に合意している。しかしながら、賃貸契約を結んでいる方の中には立退《たちの》きを渋る人もいる。その方々の合意を取り付けたあと、売買契約書を作成する予定です――

――借主とはあなたが交渉しているのですか――

――そんな面倒なことは……専門的な知識はないし、金銭のことでトラブルに巻き込まれるのはまっぴら……なので、デベロッパーにおまかせしています――

――立退き交渉は順調ですか――

――三店舗が交渉中で、そのうちの一店舗はかなり難航しているようです――

相手がこまったような顔でいい、漫画喫茶の沼田の名前を口にしたのだった。

沼田が思案顔になる。届いたトマトジュースを飲んで、目を合わせた。

「新都設計事務所です。中陽商事から委託されていると聞きました」

「担当者の氏名は」

「所長の福山さん……小林さんという方とも何度か」

「交渉は順調ですか」

「………」

沼田が口元をゆがめた。

鹿取は顔を近づける。

「どうなんです。あなたが法外な要求をしているとのうわさもあるようだが」

「何を言う」沼田が声を荒らげた。「きのうきょう始めたわけじゃないんだ。あそこで二十年も商売している。家主とは五年毎《ごと》に更新し、あと三年の契約が残っている。地主の都合で立ち退くのだから、それなりの見返りは当然じゃないか」

沼田がまくし立てた。

「店は儲かっていますか」

「もちろん。新都設計事務所には決算報告書も提示してある」

鹿取は姿勢を戻し、煙草を喫いつけた。ふかし、質問を続ける。

「相手もその道のプロ……一筋縄では行かないでしょう」

「まったく、頭にくる」

吐いて捨てるように言った。

「威されたか」

鹿取は口調を変えた。目でも凄みを利かせる。

「えっ」

沼田が顎を引いた。

鹿取は顔を寄せる。

「誰に、どう威された」

「それは……言えない」

「殺人事件なんだ。口をつぐんで済むと思うな」

「そう言われても……わかりました。小林さんに……いい加減にしないと泣きを見るぞと
……火災がおき、元も子もなくなることだってあると」

しどろもどろに言った。

「そのとき、所長の福山もいたか」

「いいえ。小林さんがアポなしで店に来て、事務所で話しました」

「脅迫されたと、証言できるか」

「勘弁してください。連中の怒りを買えば、それこそ元も子もなくなる」

「命あっての物種だぜ」

「なんと言われようと……わたしは、帰る」

沼田が席を蹴《け》った。靴音を立て、店を出る。

吉田が元の席に戻った。

「あてがはずれて、ほっとしました」

「ん」

「あの人の証言を元に、捜索令状を申請するつもりだったのでしょう」

「令状はとる」

「………」

吉田があんぐりとした。

「脅迫罪は親告罪じゃない」

「そうですが……鹿取さんのやり方は間違っています。警察内規に反するばかりか、刑事として、人として常軌を逸しています」

「あ、そう」

鹿取は煙草をふかした。


初台の喫茶店で、上司の山賀はナポリタンを食べていた。

「おやつか」

笑って声をかけ、鹿取は椅子に腰をおろした。

「昼夜兼用よ。このあと、幹部が集まる。休む間もなく捜査会議だ」

山賀が怒ったように言った。

毎度のことだ。機嫌のいい顔には滅多にお目にかかれない。

鹿取は店員にアイスコーヒーを頼み、煙草を喫いつけた。

「捜査に進展があったのか」

「あれば、おまえの相手をするひまなどない」

「はいはい」

投げやりに返した。

山賀がフォークを置き、紙ナプキンで口を拭う。水を飲んで手を伸ばした。煙草を抜き取り、口にくわえる。大量の紫煙を吐いた。

「おまえから連絡をよこすとは……朗報か」

「ひまつぶしよ。手がかりがあれば、あんたに連絡はせん」

「ほざいていろ」

「廣川はどうしている」

山賀が目を見開いた。

何かを思いついたようだ。

「おまえ、被害者の身内を調べているのか」

「意味がわからん」

「被害者の義理の息子、西村が働く店の経営者に会ったそうじゃないか」

「行きがかりでそうなった」

「どういうことだ」

「娘の結婚のことで、被害者が西村と悶着をおこした理由……十年前の、被害者の離婚が絡んでいるかもしれん」

言って、新橋商店連合会の藤崎から聞いた話を教えた。

山賀が目に角を立てた。

「そんな重要な証言を……おまえは、仲間意識が欠如している。いまさら言うことじゃないが、情が無さ過ぎる」

「廣川には廣川のやり方がある。あいつに予備知識は要らん」

「かもしれんが、廣川は、西村に抗議された。ラーメン店の経営者に呼びつけられて、事件への関与を問われたと……自分がクビになったらどう責任をとるのかと、ものすごい剣幕で食ってかかったそうだ」

「そんなに気の強い野郎なのか」

「廣川は気の弱そうな男だと言っていた」

「訊問はできたんだな」

「ああ。西村は、雀の里を辞めてから一度も被害者と会っていなかったそうだ。電話でも話していないと……結婚のことで被害者と口論になり、こっぴどく殴られたとも言っている。殴られたことは話さなかったようだが、被害者の娘の好江も被害者と西村が結婚のことで喧嘩をしたのは認めた」

「被害者が結婚に反対した理由を喋ったか」

「訊いたが、まともに答えなかったそうだ」

「……………」

鹿取は首をひねった。

山賀が怪訝《けげん》そうな顔をする。

「おまえ、離婚の原因を引きずっているのか」

「それはない。藤崎の証言のウラもとっていない。離婚前に被害者の元妻と西村が仲睦まじく歩いていたとの情報も得たが、二人がデキていたという証明にはならん」

「それならどうして、いまごろになって話した」

「廣川なら、元妻からも事情を聞く」

山賀がきょとんとし、すぐにまばたきをした。

「そうか。娘の鬱を気にしたのか」

「両親の離婚の原因を知っているのかどうか……それが、気になる」

「そうだよな」しんみりとした口調で言う。「前言は撤回する。おまえは情がある」

鹿取はそっぽをむいた。

山賀の読みは的を射ている部分と、そうでない部分がある。

が、頓着《とんちゃく》しない。他人にどう思われようと気にしない。

視線を戻した。

「娘の症状は回復したのか」

「一日で退院した。西村が連れて帰った。翌日、廣川が自宅を訪ね、娘から話を聞いた。あいかわらず精神が不安定なようで、とくに被害者と西村の仲を訊かれると感情が乱れ、まともに話ができなくなったそうだ」

「雀の里はどうなる。相続人は娘ひとりか」

「そのようだ。廣川らが遺言状の有無を調べている。いまのところ、遺言状の存在は確認できていないし、相続に関する話を聞いた者もいない」

「雀の里は自前の土地か」

山賀が頷く。

「約二十坪。新橋の不動産業者によれば、新橋二丁目の本年度の公示地価は一坪約三千五百万円……実勢価格は坪四千万円をくだらないそうだ。新橋三丁目の再開発計画もあって新橋二丁目の土地は高騰を続けているらしい」

「二十坪で八億円」頭をふる。「西村に相続の話をしたか」

「相続の話はしないで、雀の里をどうするつもりなのか訊いたところ、自分は関係ないとむきになったそうだ」

「…………」

鹿取は煙草を消し、コーヒーカップを持った。苦い。フレッシュをおとした。

山賀が言葉をたした。

「映像解析で不審な車両が浮上した。現場から約五百メートル離れた井の頭通りのＮシステムに映っていた。それが午後十時五十三分……十一時十二分にもコンビニの防犯カメラがおなじ車を捉えていた」

「どうして不審車両なんだ」

「ナンバープレートが読み取れた。そのナンバーは登録されていない」

「偽造ナンバーか」

「その可能性が高い。車種の特定、盗難車との照合を急いでいる」

「ほかの映像は」

「被害者のマンションの防犯カメラには手がかりになりそうなものが映っていない。このひと月、被害者はひとりで映っていた。宅配業者をふくめ、被害者の部屋を訪ねた者は確認できなかった。現在、三か月前までさかのぼって解析している」山賀が息をつく。「新橋の防犯カメラの映像も解析中だ。金曜の午後八時十七分、ＳＬ広場に接した道をひとりで銀座方面へ歩く姿が確認された。その後の足取りを追っている」

「がんばれ」

ことなげに言った。

山賀が顔をしかめ、ふかした煙草を灰皿に押しつける。

「おまえのほうは進展しているか」

「うっとうしい連中がうじゃうじゃいる」

「土地売買にかかわっている連中か」

「カネの亡者どもよ」

「そいつら、被害者との接点は」

「皆、あった。で、あんたに頼みがある」

「言え。何でも聞いてやる」

山賀の目の色が変わっている。

わかり易い男だ。頭に点数がちらつけば別人になる。

「新都設計事務所は知っているか」

「ああ。被害者のケータイの履歴でわかった。所長の福山、企画部長の成田……どちらとも電話でやりとりしていた。メールは使っていない」

「新都の捜索令状をとってくれ」

「名目は」

「土地売買にまつわるトラブル……被害者は新都設計事務所の依頼で土地売買の交渉相手とかかわっていた」

「被害者は交渉の場には立ち会わなかったんじゃないのか」

「些細《ささい》なことは気にするな。新都の内部資料がほしい」

「……………」

山賀が眉間に皺《しわ》を刻んだ。口元がゆがむ。

思案する顔だ。頭の中で電卓を叩いているのか。

鹿取はとどめを刺した。

「何なら、小林という社員を任意で引っ張ってもいいぞ。その男、法外な立退き料を要求する漫画喫茶の経営者を威した」

「ほんとうか」

「経営者はそう証言した。警察には協力しないそうだが」

「説得できんのか」

「する気がない」

「まったく」ため息まじりに言う。「わかった。管理官に相談する」

「早急に頼む。資料が手に入るまで、俺は昼寝……開店休業よ」

言い置き、席を立った。

眠いのは事実だ。きょうも喋り疲れた。

階段を踏む音で目が覚めた。

ビールを飲んでいる内にうとうとしてしまったようだ。

襖《ふすま》が開き、浅井があらわれた。座椅子に胡座《あぐら》をかき、上着を脱ぐ。

鹿取は身体を起こした。

「何時だ」

言って頬杖をつき、煙草を喫いつける。

「六時半です。鹿取さん、いつから寝ていたのですか」

「憶えてない」

ぶっきらぼうに返し、煙草をふかした。

山賀と別れたあと京王線で新宿三丁目に移動した。丸ノ内線に乗り換え、中野新橋駅で下車した。赤坂のカラオケボックスか、中野新橋の食事処『円《まどか》』か。どちらでもよかったが、ホームの電光表示に〈中野新橋〉とあったのでそっち方面の電車に乗った。

女将《おかみ》の郁子《いくこ》が長方形の盆を運んできた。

冷酒の二合瓶とビールの小瓶、三品の小鉢を座卓に置く。

「浅井さん、しばらくこれで辛抱してね」

「お気遣いなく」

浅井が笑顔で答えた。

鹿取とは目も合わさずに女将が立ち去る。

「下は忙しいのか」

「満席でした」

浅井がグラスにビールを注ぎ、咽を鳴らした。

鹿取は冷酒を手酌でやる。肴《さかな》は古漬けの沢庵《たくあん》。文句はない。

イカのネギ饅《ぬた》を食べ、浅井が箸を休める。

「中陽商事の若生はキーマンのようです」

「どういうことだ」

「新橋の再開発事業、中陽商事は若生が仕切っているそうです。用地企画課の三つのグループは若生の指示で動き、土地売買交渉の一部を新都設計事務所に委託したのも若生の判断によるものだそうです」

「新都とつき合いがあったのか」

「はい。四菱不動産に勤めていたときも、用地買収に絡む汚れ仕事は新都設計事務所にまかせていたようです」

鹿取は頷いた。

——昔から若生を知る者によれば、円満退社だったそうで、転職後の若生は四菱不動産と中陽商事をつなぐ役割をしていたのではないかと……四菱不動産にいたころの若生は開発地域の用地確保で辣腕を振るっていたとの情報もあります——

けさの浅井の報告は憶えている。

グラスを空け、浅井が言葉をたした。

「若生は、バブル期に豪腕の地上げ屋として名を売った男と懇意にしており、その縁で新都設計事務所の福山所長とつながった。福山は豪腕地上げ屋の系列です」

「その男は現役なのか」

「若生とは二十歳違いの七十八歳。引退し、悠々自適の暮らしぶりとか。ですが、いまもその男を師と仰ぐ連中がいるそうです」

「若生もそのひとりか」

「そのようです」

浅井がビール瓶を傾ける。ひと口飲んで視線を合わせた。

「若生は、愛華の中村社長とも接点がありました」

「元経産省のスパイか」

「経産省にいたころからの縁です。以前、若生の転職と四菱不動産が中国進出を本格化した時期は符合すると言いましたが、中国進出の礎《いしずえ》を築いたのが経産省にいた中村と四菱不動産時代の若生だそうです」

「確証があるんだな」

「はい。経産省が極秘で行なった内部調査の資料に若生の名前があります」

「…………」

鹿取は沢庵をつまみ、奥歯で嚙み砕いた。

余計なことを言えば公安事案とかかわりを持ってしまう。抜き差しならなくなる。

階段をあがってくる音がした。

女将が腰をかがめ、トレイを畳の上に置く。

「きょうは北海道づくし。この春、札幌に赴任した常連さんが送ってくれたの。円の仲間に食べさせたいって」

座卓に料理がならんだ。

肉厚のホタテの刺し身、親指ほどの太さのアスパラガスはこんがりと焼いてある。蒸したジャガイモから湯気が立ち、角切りのバターをゆっくり溶かしている。

「堪《たま》りませんね」

涎《よだれ》が垂れそうな顔で言い、浅井がホタテに山葵《わさび》をのせる。目が糸になった。

「お替りもあるから。最後は、浅井さんの好物の鱧雑炊《はもぞうすい》ね」

笑顔を残し、女将が去った。

浅井が黙々と食べる。

鹿取も箸を持った。ホタテに舌鼓を打ち、ジャガイモに醬油《しょうゆ》を垂らした。

十分と経たないうちに皿が空になる。

おおきく息を吐き、浅井が視線をむけた。

「新都設計事務所のこともわかりました。所長の福山春夫《はるお》は四十八歳。リーマンショック直後の二〇〇八年十一月に新都設計事務所を設立。それ以前は、先ほど言った豪腕地上げ屋の直弟子の下で、不動産・建築関連のトラブル処理にかかわっていた。渋谷駅前の再開発事業で幾つかの難題を処理し、頭角をあらわしたそうです。事務所設立にあたり、経済の混乱期こそ俺の出番と豪語したとか」

「ケツ持ちはいるのか」

「六本木を島に持つ金竜会《きんりゅうかい》とつながっています。金竜会は神戸の神俠会《しんきょうかい》の二次団体で、くだんの豪腕地上げ屋は神俠会本家の幹部と昵懇《じっこん》の間柄でした」

「中陽商事と新都は以前から仕事で連携していたのか」

「わかりません。ただ、渋谷駅前の再開発事業には四菱不動産も共同参加していたので、若生が福山に声をかけた可能性はあります」

「新都の社員も調べたか」

「はい」

答え、浅井がセカンドバッグから紙を取りだした。

社員の個人情報はおまけのようなもので、関心が薄いということだ。浅井の記憶力は優れており、公安事案にかかわることは丸暗記している。

「社員は五人……副所長の鈴木は名義貸しのために社員登録しているようなものなので、実質は福山以下、企画部長の成田、営業の小林と木暮《こぐれ》の四人です。成田は設立以前から福山と仕事で手を組み、福山の腹心といわれています」

鹿取は頷いた。

――被害者は、御社の成田という方とも連絡をとっていたようだが――

――あいにく、成田はでかけています――

福山とのやりとりが頭に残っている。

浅井が別の紙を手にした。

「これは、土地売買の交渉が難航している六人の個人情報です」

鹿取は紙を受け取った。ざっと読み、畳に置く。

質問はない。六人から話を聞くさいの資料にするため浅井に調査を依頼したのだ。

「被害者のケータイとパソコンのほうで、情報はあるか」

「あたらしい情報はありません。現在も分析中です」

鹿取は座椅子にもたれた。

浅井がぐい呑《の》みに冷酒を注ぐ。あおるように飲んだ。

「鹿取さんに依頼された件はすべて報告しました」

言って、にやりとする。

「用が済んだのなら、帰れ」

「そうは行きません。鱧雑炊がまだです」

「………」

「雑炊がくるまで、自分の独り言を聞いてください」

鹿取は顔をしかめた。

聞かなくてもわかる。浅井は楊習平の話をしたいのだ。むげに撥《は》ねつけるわけにはいかない。浅井は筋を通し、報告する間は公安事案に関する話をしなかった。

首をまわし、煙草をふかした。

浅井が口をひらく。

「中陽商事の若生は、中国大使館に出入りしていました。確認できただけで、去年の夏から七回……そのうちの五回は、中陽商事の副社長、林高傑《リンコウケツ》が一緒でした」

警視庁公安部は中国大使館を常時監視している。警護の名目で中国大使館やロシア大使館、朝鮮総聯本部の近くに停まる青い警察車両には公安部の者も乗っているという。

鹿取は、けさの浅井の話を思いだした。

「楊習平が唯一、一緒に外出したやつか」

「そうです。林高傑は中国の大手不動産業者、光和からの出向です」

「中国政府の息がかかっているのか」

「そう睨んでいます」

「大使館での面談の相手は書記官の安建明か」

「中のことはわかりません。が、去年十一月、林と若生が大使館を訪ねたさい、三人で外出しました。安建明を監視していた捜査員によれば、赤坂の中華料理店で食事をし、六本木で遊んだそうです」

「おまえの恋人は同席しなかったのか」

浅井が表情を崩し、頭をかいた。

「楊習平に動きはあるか」

「これまでとおなじ……連日、愛華に出社し、昼間はほとんど外出しません」

「夜遊びは」

「愛華に入社して以降、楊が夜の街にでかけたのは四回……中陽商事の林高傑のほかは愛華の若い社員が一緒でした」

「楊と、新都の福山との接点は見つかっていないのか」

「はい。でも気になるので、午前中に鹿取さんの依頼を受けたあと、中陽商事と新都設計事務所が入るオフィスビルの防犯カメラの映像を集めました。解析中です」

「愛華が入るビルのほうは解析済みか」

浅井が目元を弛めた。

「いまも……そっちのビルの映像はリアルタイムで見ることができます」

「ついでに、中陽商事と新都設計事務所もそうしたらどうだ」

「ご希望ですか」

「………」

鹿取は口をつぐんだ。

現時点で、殺人および死体遺棄事案と公安事案を結びつけるつもりはない。それこそ浅井の思う壺《つぼ》に嵌まる。そうでなくても、片足を突っ込んでいる状況なのだ。

煙草で間を空けた。

「官邸からの、あらたな指示はないのか」

「ないようです」

浅井が他人事のように言った。

中国大使館一等書記官の安建明と中国諜報員の楊習平しか眼中にないのだ。

★　　★

SL広場に傘の花が咲いている。路面はしっとりと濡れていた。

吉田はショルダーバッグに手を入れかけて止め、歩きだした。道路を渡り、新橋二丁目の路地に入る。左に折れ、右に折れして雑居ビルに入った。築五十年は経っているか。赤レンガ飲食店協会の事務所は五階にある。

低速のエレベーターの中は黴臭《かびくさ》かった。

ハンドタオルで髪を拭う。濡れたという感覚はない。

ドアを開ける。

「あら、刑事さん」

女が声を発した。

清水《しみず》という名前だったか。事件発生の翌日に訪ねたときも応対してくれた。協会には事務員として三十年勤めているという。きょうは前回よりも表情があかるい。

二十五平米ほどか。手前に安っぽい応接セット、そのむこうに四つのスチールが島をつくり、奥の壁際にはおおきめのデスクがある。

まもなく午前十時になる。飲食店業界の人にはまだ時間が早いのか、事務所には女事務員が二人いるだけである。

清水が近づいてきた。

「きょうはおひとりですか」

「はい。朝から押しかけてきて、ごめんなさい」

「いいんですよ。警察の捜査に協力するのは市民の務めだもの」

屈託なく言い、席を勧めた。

ソファで向き合うなり、清水が言葉をたした。

「テレビのニュースを見ているけど、あんまり取りあげなくて、やきもきしているの」

「マスコミに提供するような情報がすくなくて」

吉田は眉尻をさげた。

赤いヘアバンドをした女がお茶を運んできた。

礼を言い、清水を見つめる。

「きょうは新橋三丁目の再開発の件でお話を伺いたくて来ました」

「いいわよ。何でも聞いて」

「飲食店協会も再開発事業にかかわっているのですか」

「協会としては動いていません。うちの会員の大半は新橋二丁目と赤レンガ通りに面したところで商売をしている。再開発の予定地は、SL広場とニュー新橋ビル以外、新橋三丁目だからね。隣接しているので無関心というわけにはいかないけど、新橋商店連合会のようにのめり込んではいないわ」

「仲が悪いのですか」

「えっ」

きょとんとしたあと、清水が声を立てて笑った。

「そんなことない。今月下旬に開催する新橋祭も協会と連合会の共同事業……二丁目も三丁目もサラリーマンのパラダイスだもん。どうなろうと一蓮托生《いちれんたくしょう》よ」

「そうでしょうね」笑顔で返した。「話を戻します。協会員の中に再開発予定地の中で商売している方もいると聞きました」

「いるわ」あっけらかんと言う。「その人たちのことを知りたいの」

「ええ。その方々のリストはありますか」

「ちょっと待って」

清水が席を立った。

デスクに座り、パソコンにふれる。プリンターの音がした。

戻ってきて、紙をテーブルに置いた。

「この七人よ」

「ありがとうございます」

吉田は紙を手にした。

頭の中にある情報と照合する。全員が一致した。鹿取に教わった連中である。

朝の会議がおわったあと鹿取に電話をかけた。

――赤レンガ飲食店協会を訪ねろ。協会員の中には再開発予定地の中で営業している者もいる。そのリストをメールで送るから協会で確認しなさい。それが済んだら、全員から話を聞け――

質問する前に通話を切られた。

そんなことでは腹を立てなくなった。鹿取に慣れていく自分がこわい。飼い慣らされているのかとも思うが、斟酌《しんしゃく》したところで意味がない。

吉田は顔をあげた。

「この方々は、新橋三丁目で営業しているのに、協会のほうに加盟したのですか」

清水が頭をふる。

「移転したのよ。三人はリーマンショックのあと、二丁目から三丁目に移った。四人は東日本大震災のあと……営業再開が困難なほど店がめちゃくちゃになったみたい。二丁目の飲食店街は古い建物が多いからね。このビルもつぎは持たないかも」

清水が肩をすぼめた。

「先に移転した三人の理由はご存知ですか」

「くわしくは知らない。それぞれ事情があるだろうし……ただ、リーマンショックのときは新橋もダメージがおおきかった。大企業が銀座での接待禁止令をだすほどだったから、サラリーマンも財布の紐《ひも》を固くしたようで……そのへんかな」

吉田は頷いた。

リーマンショックのあおりを受け、日本でも企業倒産が相次ぎ、大量の離職者がでた。

日比谷公園に開設された〈年越し派遣村〉の映像はいまも憶えている。


赤レンガ通りを左に歩き、信号のある交差点を直進してから路地に入った。スマートフォンで現在地と目的地を確認する。

五階建て雑居ビルの前で足を止め、一階にあるとんかつ屋の扉を開けた。

「すみません。十一時半からの営業です」

女が言った。

割烹着《かっぽうぎ》を着て、テーブルを拭《ふ》いている。

四人掛けのテーブルが四つ、二人掛けのテーブルが二つある。カウンターのむこうの厨《ちゅう》房《ぼう》に白衣を着た二人の男がいた。

吉田は腕の時計を見た。まもなく午前十一時になる。警察手帳を手にした。

「警視庁の者です。すこしお話を伺えませんか」

女が厨房に目をやる。

「何の用だい」

男が声を発した。

六十歳前後か。太っていて、顔もまるい。手に包丁を持っている。

「先日亡くなられた菅原伸孝さんをご存知ですか」

「ああ。いい男だった。かわいそうに」

包丁を放し、カウンターから出てきた。

「あんまし時間がないけど」

言って、四人掛けの席に腰をおろした。煙草をくわえ、火を点ける。

「失礼します」

吉田は男の正面に座した。

「被害者とは親しかったのですか」

「ほぼおなじ時期に商売を始めたからね。歳も近かった」

男が煙草をふかし、紫煙に目をやる。

吉田は新橋二丁目の地図を思いうかべた。

移転する前のとんかつ屋は焼鳥屋『雀の里』とおなじ路地にあった。

「どんな人でしたか」

「頑固おやじさ。俺も変わり者だと他人に言われるけど、あの人ほどじゃなかった。よく言えば、あの人は一本筋が通っていた。俺も一目置いていたよ」

「こちらに移転されたのは十年ほど前でしたね」

「ああ。それがどうかしたのかい」

「近くに一目置く人がいたのに、どうして移られたのですか」

「義理人情と商売は別さ」

「被害者に相談されなかったのですか」

「相談はしねえ。俺の店で、俺の人生だからな。ここに移ると決めたあと、あの人に報告し、酒を酌み交わした。気の合う男どうし……それで充分よ」

「そうですね」

曖昧に返した。

男のことはよくわからない。ちかごろはわかりたいとも思わなくなった。鹿取をそばで見ていると、なおさらそうなる。殉職した父とは別世界の男である。

「よろしければ、移転された理由を教えていただけませんか」

「いいよ。隠すようなことじゃないし」男が煙草を消した。「移転する二年前だった。俺の店の周辺で、建て替えをしようという話が持ちあがってさ」

「再開発ですか」

男が顔の前で手をふった。

「そんなたいそうなもんじゃない。何しろ、その当時でも建物が老朽化していたからね。皆で協力し合って建物を改築しようと……要は、路地の景観を良くして、もっと大勢のお客さんを呼び込もうって算段さ」

「飲食店協会が主導したのですか」

「言っただろう。俺の店があった周辺だと……もっとも、音頭をとったのは協会の理事長だったけど……赤レンガ通りの角地にある蕎麦屋の店主さ」

「あなたは賛成したのですか」

「したよ。悪い話じゃないからね。菅原さんも賛成だった」

「どうして実現しなかったのですか。反対の人が多かったのですか」

「九割方、賛成だった。残る一割は雑居ビルの入居者で、連中も改築中の補塡《ほてん》さえ保証してくれればオーケーだと言っていた。話はとんとん拍子に進み、建築業者に設計図と見積もりを依頼した。俺は、改築中も商売を続けたくて、ここを借りた」

「そういう事情でしたか」

「ああ。ところがどっこい。好事魔多《こうじまおお》しとはよく言ったもんだ。ここで商売を始めてひと月も経たないうちにとんでもないことがおきちまった」

「リーマンショックですね」

「それよ」男が声を張った。「新橋から客が遠のき、いつになったら景気が回復するのか予想もできなくて……改築の話は立ち消えになった」

「…………」

吉田は眉をひそめた。

世の中、一般市民にはどうすることもできないことが多すぎる。

「二丁目に戻ろうとは思わなかったのですか」

「そりゃ、迷ったさ。けど、常連客もこっちまで足を運んでくれていたし……二丁目の土地と建物を借りたいという人があらわれたからね」

「その方とはいまも賃貸契約を継続中なのですか」

「そう。居酒屋をやっているよ」

女が近づいてきた。

「あんた、そろそろ時間だよ」

「そうか」答え、視線を戻した。「刑事さん、悪いね」

「とんでもないです」笑顔で返した。「ロースカツ定食をください」

この店の立退きの話は聞けなかったが、男の話には興味が湧いた。そのお礼の意味もあるし、ここまでは順調に進んだおかげでお腹も空《す》いてきた。

女の顔がほころんだ。

「おろしポン酢で食べな。美味《うま》いよ」

言って、男が立ちあがる。

頷き、吉田はショルダーバッグから煙草を取りだした。

「悪いけど、お客さんが来たら消してね」

女が申し訳なさそうな顔で言った。

とんかつ屋を出たときは雨があがっていた。

吉田はSL広場に立ち、イヤフォンを耳にした。スマートフォンにふれる。

《はい。赤レンガ飲食店協会です》

あかるい声がした。

女事務員の清水の声とわかった。

「先ほどお邪魔した警視庁の吉田です」

《どうも。わたしの話、お役に立ちましたか》

「ええ。ありがとうございます。お訊ねしたいことができて電話しました」

《何でしょう》

「リーマンショックがおきる一、二年前のことです。SL広場から見て、新橋二丁目の左の一区画で改築計画が持ちあがったのをご存知ですか」

《うちの事務所の裏側の路地ね。そんな話があったのは知っているよ。でも、あそこで商売をしている人たちだけのことだったから、協会としてはかかわらなかった。別の路地で商売をしている人たちからの反発もあったし……リーマンショックのあと、その話は立ち消えになって、内心ほっとしたのを憶えている》

「協会の理事長が音頭をとったそうですね」

《そう》声が沈んだ。《気持はわかるけど、和を乱すことをしなくても……》

「きょう、理事長はそちらに来られますか」

《来ないんじゃないの。会議か、来客の予定があるか……それ以外は滅多に顔を見せないからね。最近は自分の店にも出ないことが多いそうよ》

「では、自宅に連絡してみます」

《ねえ、刑事さん。あの件が事件に関係あるの》

「通常の捜査の範囲です」

吉田はそっけなく返した。

よけいなことは話せない。清水は嫌な顔をすることなく情報を提供してくれた。裏を返せば、自分の発言が外部に洩れるおそれもあるということだ。

礼を言って通話を切った。

イヤフォンをはずしながら、さりげなく周囲に目を配った。

先ほどから誰かに見られているような気がしている。だが、それらしい人物は見つけられなかった。気のせいか。そう思いつつも、やはり気になる。

吉田はショルダーバッグにふれた。バッグの底に拳銃がある。

――常時、拳銃を携行しろ。山賀係長の許可はとってやる――

鹿取にそう言われた。中陽商事で楊習平に遭遇した翌日のことである。

──身辺で嫌な気配を感じたら、公安総務課の南に連絡しろ。ためらうな。自分ひとりで対処しようと思うな──

親が子を案じるようなまなざしで、そう言い添えた。

目に神経を注ぎながら歩き、SLの道路向かいにあるコーヒーショップに入った。アイスコーヒーを持ち、階段を降りる。地下は喫煙エリアだ。

階段が見える席に座った。煙草を喫いつけ、ショルダーバッグをさぐった。アイスコーヒーをひと口飲み、小冊子を開く。赤レンガ飲食店協会の刊行物である。協会の事務所を去るさい、清水からもらった。

会員名簿は末尾に載っていた。

いきなり、目が点になった。

名簿録の最上段に〈理事長　植松善郎《うえまつよしろう》〉とある。店名、店の所在地、電話番号と続き、植松の住所も電話番号も記されていた。

吉田はスマートフォンを取りだした。アプリで地図を検索する。そうしている間にも鼓動が速くなるのがわかった。階段のほうには目がむかなくなっていた。

東京メトロ銀座線渋谷行きの電車に乗り、表参道駅で下車、千代田線に乗り換え、代々木上原駅で降りた。歩く時間をふくめ、三十分ほどの移動だった。

倍の時間を要したような気分である。電車に乗っている間は苛々していた。

井の頭通りに出て、住宅街に入る。

ここを訪れたのは出動命令がでて以来である。こんな風景だったのか。あのときは深夜で、しかも豪雨と強風にさらされ、戸別の聞き込みもままならなかった。

前方の路肩に花が供えてある。

吉田は腰をかがめた。合掌し、頭を垂れる。

立ちあがって息を吐き、スマートフォンで位置を確認する。来た道を戻り、ひとつ目の角を右に折れた。つぎの角を右折したところで足を止めた。

門扉の表札に〈植松〉とある。

庇《ひさし》の付いたインターフォンを押した。

《はーい。どちら様ですか》

女の声がした。

「警視庁の者です」

警察手帳をかざした。インターフォンの上部にまるいレンズがある。

《どうぞ》

声のあと、解錠する音がした。

敷地に入り、玄関へむかう。

ドアが開き、女が顔を覗かせた。五十代半ばか。辛子色のワンピースを来て、ブラウンの髪を後ろで束ねている。

「捜査一課の吉田と申します。植松善郎さんはおられますか」

新橋のコーヒーショップを出てすぐ、蕎麦屋に電話をかけた。店主の植松は不在で、きょうは店に来る予定もないと言われた。

「はい」女がふりむく。「あなた、刑事さんがお見えです」

「あがってもらいなさい」

男のしわがれ声が届いた。

「主人は風邪ぎみで」女が言う。「どうぞ」

応接室に案内された。

レースをかけた黒革のソファに腰をおろした。

八畳間か。サイドボードの中のグラスが輝き、上には三つのトロフィーがある。

室内を見回す間もなく、男があらわれた。

赤レンガ飲食店協会の清水から六十四歳と聞いた。目尻の皺がめだち、もうすこし歳を食っているようにも見える。短髪で、肌は浅黒い。

吉田の前に座るなり、植松が声を発した。

「きょうは、どんなご用でしょうか」

「赤レンガ飲食店協会の菅原さんが殺害された件です。この近くで遺体が発見された日、同僚が訪ねて来ませんでしたか」

「来たよ。寝入り端《ばな》を起こされて……殺されたのが菅原さんとわかっていれば、もっとましな対応をしたのだが」

「一回きりだったのですか」

「そう。翌日の昼前、協会の事務所から連絡があって、菅原さんだと知った」

「翌日も来られましたよ」

背後から声がした。

女がテーブルにお茶を置き、言葉をたした。

「朝の十時ごろだったかな。あなた、ゴルフの練習にでかけて、家にいなかった」

「そんな言い方はやめなさい」植松が声を強めた。「不謹慎に聞こえるじゃないか。殺されたのが菅原さんだと聞いていれば、協会の事務所に駆けつけていた」

吉田は女に顔をむけた。

「そのとき、警察官は被害者の氏名を口にしましたか」

「いいえ」

「植松さんの職業を訊ねましたか」

女が首をふる。

「物音や車の音を聞かなかったか……そんな質問でした」

「おい」植松が口をはさむ。「どうして、そのことを話さなかった」

「だって……あなたも、殺された方のことを言わなかったじゃないの」

「……………」

植松が口をへし曲げた。

女がきびすを返した。

吉田は質問を続ける。

「被害者とはどういう仲だったのですか」

「普通だよ。おなじ地区で商売をしている仲間だったが、とくに彼と親しかったわけじゃない。協会の会合や催事のさい、言葉を交わす程度の仲だった。彼は新橋商店連合会にも加盟していて、そちらのほうに熱心だったからね」

吉田は眉をひそめた。

不機嫌そうなもの言いが気になる。

被害者の話はしたくないのか。仲が悪かったのか。

吉田はわずかなためらいを捨て、疑念を口にした。

「被害者がここを訪ねたことはありますか」

「ない」

「被害者は、この周辺に土地勘がなかったようです。それなのに、どうしてこの近くに死体が遺棄されたのでしょう」

「そんなこと、知るわけがないだろう」

植松が声を荒らげた。

にわかに顔が紅潮し、眦《まなじり》がつりあがる。

吉田はじっと植松の目を見つめた。

「質問を変えます。リーマンショックの一、二年前、あなたのお店がある一区画で改築計画が進んでいたと聞きました。被害者も賛同したのですか」

「何だね、いきなり」

植松が目を剝いた。

「質問に答えてください。その計画、あなたの発案だったのでしょう」

「確かに。あれは画期的な発想だった。頭の古い連中は、二言目には新橋の伝統や文化だと言うが、そんなものにしがみついていたら時代に取り残されてしまう。だから、我々の一区画だけでも近代的なあかるい街をつくろうと……地元のサラリーマンだけではなく、もっと大勢の人が集まってくる街づくりをしたかった」

「皆さんの反応はどうでしたか」

「賛同してくれたよ」

「被害者も」

「ああ。彼は乗り気だった」

「反対の人もいたそうですね」

「テナントビルで商売している連中の、数人だった。連中とは改築期間の保証の話をして折り合いがつきかけていた……その矢先のリーマンショック。夢が砕け散り、ショックで何日も寝込んでしまった」

植松が嘆息を洩らし、お茶を飲んだ。思いついたように視線をむける。

「どうして、その話を」

「被害者の身辺でおきたことを調べるのが仕事です」

「大昔のことなのに」

「…………」

吉田は口を結んだ。

動機に時効はありません。

声になりかけた。息を吐き、話しかける。

「画期的な発想……いまも変わりませんか」

「そりゃ、わたしの夢だったからね。が、時代は変わる」

「あれ以来、そういう計画はないということですか」

「ないね。新橋三丁目の再開発で街がどう変わるのか……それによっては、二丁目でもあらたな動きがあるかもしれない。が、いまのところ、飲食店協会の理事会でも総会でもそういう議論はおきていない」

「そうですか」

吉田はさらりと返した。

植松の話を聞いているうち、新橋二丁目の一区画の改築計画の件は捜査の本筋からかけ離れているように思えてきた。それでも質問を続けたのは己の性分に因るものか。

捜査会議の報告で、被害者と死体遺棄現場との接点はあきらかになっていない。同僚の青野警部補はその点に着目しているが、有力な情報は得ていないようである。

過剰に反応し過ぎたのだろうか。

赤レンガ飲食店協会の小冊子を見たときの衝撃は何だったのか。

いまは曖昧な気分になっている。

だが、植松夫妻の話を聞いて、あらたな疑念が湧いてきた。


小田急小田原線梅ヶ丘駅の改札を出て、空を見上げた。

今夜も月はない。黒雲がうごめいている。頭の中とおなじだ。

吉田は肩で息をし、家路を歩きだした。

植松の家を出るなり鹿取の携帯電話を鳴らした。

赤レンガ飲食店協会の女事務員と話をしたところから、渋谷区上原三丁目にある植松の家を訪ねて事情を聞いたところまで、詳細に報告をした。

女事務員とのやりとりにも、とんかつ屋の主人の証言にも、鹿取はほとんど反応しなかった。植松の話をしたときも同様だった。

鹿取の勘にふれなかったのか。証言からひろがる推測を嫌ったのか。

報告する中で、一度だけ鹿取の声音が変わった。

――とんかつ屋を出たあと、誰かに見られているような気がしました――

そう話したときだった。

――南に連絡したか――

鹿取が早口で言った。

――いいえ。SL広場の前のコーヒーショップに入って確認しようと思ったのですが、協会の小冊子を見たとたんに失念しました――

ため息が届いた。

――いま、どこにいる――

――植松の家を出て、代々木上原駅へむかっています――

――それとなく周囲を確認しろ――

言われたとおりにしたが、誰かに見られているような気配は感じなかった。

それを伝えた。

――代々木署へむかえ――

――夜の会議は七時からです。新橋に戻り、聞き込みを続けます――

――止めろ。会議が始まるまで報告書を書いていろ。それと、きょうの聞き込みの成果は会議で報告するな――

鹿取さんも気になるのですか。

そのひと言は胸に留めた。

これまで何度も捜査会議で報告するのを止められたことがある。

だが、そんなことよりも鹿取が自分を心配しているのがひしひしと伝わってきて、そのことのほうに頭も心も向いていた。

大通りの四つ角で立ち止まった。信号は赤。横断歩道を渡って路地に入った先に自宅がある。左右に目をやる。信号待ちの男女が三人いた。会社員のようだ。うしろを見る。スーツを着た男が二人、重そうな足取りで近づいていた。

信号が青に変わった。

周囲の男女が動きだすのを見てから歩きだした。

路地に入る。先を歩く者がいなくなった。背筋につめたいものが走る。嫌な記憶がよみがえってきたのだ。去年三月、路地で殺人事件の犯人に襲われた。予知した鹿取らが警護してくれていたのだが、銃撃戦の末、左太腿《ふともも》を負傷した。北沢署に勤務していたときのことで、その翌月、警視庁刑事部捜査一課に転属させられた。

吉田はショルダーバッグを胸にかかえ、右手を中に入れた。

足を速める。つぎの路地角に駐車場がある。襲撃された場所だ。

無事に通り過ぎる。家まであと百メートルほどか。

ぱっと周囲があかるくなる。後方からの灯だ。

「あぶない」

叫び声がした。

吉田は、ふりむきざま拳銃を構えた。目がくらむ。ハイビームだ。

車が突進してきた。

「飛べ」

声よりも早く、吉田は横に飛んだ。民家の塀に身体がぶつかる。

かたわらを車が疾駆した。十メートルほど進み、急停車する。

後方から足音がした。

「大丈夫か」

吉田は視線をむけた。

二人の男が駆け寄ってくる。誰かわかった。松本と公安総務課の南だ。

タイヤの軋《きし》む音がし、車がバックで接近してくる。

吉田は顔をしかめた。拳銃がない。壁にぶつかった衝撃でおとしたか。

銃声が轟《とどろ》く。

パシッと音がした。車が停まる。銃弾はリアウィンドーを直撃したようだ。

道の真ん中で、南が拳銃を構えている。

車が急発進し、たちまち闇の中に消えた。

★

★

病院の車寄せでタクシーを降りた。

夜間専用出入口の近くに数人の男がいる。北沢署の連中か、マスコミの記者か。

鹿取は、誰とも視線を合わさずに建物の中に入った。

「鹿取さん」

松本が駆け寄ってきた。

「すみません。自分のミスです」

深々と腰を折った。

「吉田の容態は」

「まもなく治療がおわると思います。左肩の関節亜脱臼《あだつきゅう》との診断でした」

「どこにいる」

「こちらです。浅井さんも来ています」

松本に続き、通路を右に折れた。

夜間診療室の窓から灯が洩れている。長椅子に二人が座っていた。

ひとりは公安総務課の浅井管理官。もうひとりも見知っている。北沢署刑事課捜査一係の城島《じょうじま》巡査部長。吉田のかつての上司である。去年三月、殺人事案を共有した。

城島が立ちあがる。

「鹿取さん、おひさしぶりです」

「夜分に、迷惑をかけて済まない」

城島が首をふる。

「大方の事情は浅井管理官から伺いました」

「この件、公安部に預けてくれるか」

「管理官からもそう要請がありました。署に戻って上官に報告します。が、発砲事件がおきたのは事実……関係者への事情聴取はやらせていただきます」

鹿取は頷いた。

一応の捜査を済ませたあと、公安事案として処理するのだろう。

壁際に立つ松本に話しかけた。

「ミスとはどういうことだ」

「去年のことが頭にありまして……吉田さんが襲われるとすれば、自宅近くのあそこしかないと思い、南さんと駐車場に潜んでいました。吉田さんの動きは、南さんがスマホの位置情報で確認していました。油断なく周囲に目を光らせていたのですが、まさか一方通行を逆走してくるとは……不意を衝《つ》かれました」

「相手も位置情報で吉田の動きを知っていたんだろう」

松本が目をぱちくりさせた。

「鹿取さんは」城島が声を発した。「吉田が襲われるとの情報を得ていたのですか」

「単なる胸さわぎよ。で、浅井に警護を依頼した」

「………」

城島が口をもぐもぐさせた。が、声にはならない。

浅井に配慮し、質問を控えたか。

ドアが開き、吉田が姿を見せた。南も一緒だ。

吉田の左腕は白い三角巾《さんかくきん》に隠れている。

「ご心配をおかけしました」

神妙な顔で言い、頭をさげる。

「たいしたけがでなくて何より」南にも声をかける。「おまえには感謝している」

「とんでもない。傷を負わせて申し訳ないです」

「気にするな。吉田を自宅まで送ってやれ」

「待ってください」城島が声を発した。「事情聴取だけでも……」

「吉田はあすの朝、北沢署へむかわせる。公安事案が絡んでいる。浅井の訊問を優先させてくれ。その代わり、今夜は南が事情聴取に応じる」

「わかりました」

鹿取は視線をずらし、吉田に話しかけた。

「捜査本部《チヨウバ》から連絡があったか」

「山賀係長から……治療中だったので、メールでのちほど連絡すると伝えました」

「するな。スマホの電源を切れ」

「それでは鹿取さんとも連絡がとれなくなります」

浅井が立ちあがり、セカンドバッグから携帯電話を取りだした。

「これを使いなさい。わたしも話がしたい」

受け取り、吉田が視線を戻した。

「スマホはいつまで使えないのですか」

「北沢署での事情聴取がおわり次第、連絡をよこせ。そのとき判断する」

言って、南を見た。

「表以外に出入口はあるか」

「裏に職員専用の通用口があります」

「表は人がいる。裏から出ろ。吉田を自宅まで送り、その足で北沢署へむかえ」

「承知しました」

南が吉田をうながし、通路を歩きだした。

「自分は医師から話を聞きます」

城島が言い、夜間診療室のドアを開けた。


病棟を出た。

人影が増えている。〈報道〉の腕章を巻き、カメラを提げている者もいる。

松本が車のリモコンキーをかざした。

Cadillac Escalade の後部座席に乗った。

浅井がとなりに座る。

「マツ、代々木署に行ってくれ」

運転席の松本に声をかけ、携帯電話を耳にあてた。

相手はすぐにでた。
《山賀だ。吉田の怪我《けが》の具合は》
「肩関節の亜脱臼……さいわい、軽傷だ。これからそっちへむかう」
《森永管理官も案じて、待っておられる》
「何を心配している。吉田の身体か、発砲事件か」
《くだらんことを……吉田も一緒に来るのだな》
「あいつは気が動転している。北沢署の事情聴取もある」あすという言葉は省いた。「公安総務課の浅井が同行する」
《ええっ》
山賀の声が引きつった。
浅井と山賀は面識がある。三か月前の〈議員秘書射殺事件〉では捜査本部と公安総務課が情報面で連携した。浅井の思惑が働いてのことだった。
《公安事案なのか》
「あとで、浅井が説明する」
ため息が洩れ聞こえた。
「会いたくないのか」
《そうじゃないが……うちの管理官に同席してもらって構わないか》

「好きにしろ」

通話を切った。

浅井が口をひらく。

「自分も行くのですか」

「そのほうが手っ取り早い」

煙草を喫いつける。ふかし、言葉をたした。

「捜査状況を説明しろ」

病院内の浅井はタブレットを手放さなかった。

「襲撃に使ったのは黒っぽい車です。ナンバーは不明……周辺の防犯カメラとNシステムの映像を解析していますが、それらしい車を特定できていません」

「襲撃者はカメラを意識していたとでも言いたいのか」

「ええ。慌てて逃走したのであればカメラを意識する余裕はなかったでしょう。すくなくとも、襲撃者はNシステムの位置を確認していたと思われます」

それでもどこかで引っかかる。

言うのは控えた。そんなことは浅井も承知だ。

「南が撃った弾は車に命中したんだな」

「リアウィンドーにあたったそうです」

「自分も見ました」松本が言う。「ガラスを貫通した音も聞こえました。それで相手は車を急停止し、前方に逃走したのです」

　頷き、松本に声をかける。

「おまえらが現場に張り込んだのは何時だ」

「九時過ぎです。南さんと代々木署の前で合流し、吉田さんが署を出て、初台駅へむかうのを確認してから、梅丘へ先回りしました。南さんの同僚が梅ヶ丘駅で見張っているというので、現場で待機することにしました」

「着いて、周囲を確認したか」

「はい。車を駐車場に入れたあと……吉田さんが梅ヶ丘駅に着くまで、南さんが周辺に目を配っていました」

　吉田が梅ヶ丘駅に着いたあとで、襲撃者は車を犯行現場に移動させた。

　そういうことか。

「手際がいいです」浅井が言う。「こちらの動きを察していたのかもしれません」

　鹿取は眉根を寄せた。

「敵は、この車を知っているという意味か」

「可能性はあります。襲撃者もしくはその身内が代々木署を見張っていて、この車を見たとすれば、警戒はするでしょう」

「…………」

鹿取は口をつぐんだ。

南と吉田ばかりか、松本に関する情報を持っているのなら只者《ただもの》ではない。

頭をふり、ひろがりかける推測を追い払った。

浅井が携帯電話を手にする。青く点滅している。〈スピーカー〉を押した。

「浅井だ」

《門田《かどた》です。犯行現場近くの住民が黒っぽい車を目撃していました。大通りから逆一方通行の道に入るのを見てびっくりしたと……ナンバーの一部を憶えていました。品川3△3の、末尾が41です》

「車種は」

《わからないそうです。あっという間で、何人乗っていたかもわからないと》

「直ちに該当ナンバーを照会しろ。ほかは」

《四名で現場周辺の聞き込み中ですが、ほかの目撃情報はありません》

「継続しろ」

浅井が通話を切った。

首をひねったあと口をひらく。

「吉田は、なぜ狙われたのでしょう」

「虎《とら》のしっぽを踏んだ」

「中陽商事で楊習平と顔を合わせたことですね」

「とりつきはそうかもしれん。楊が吉田の動きを警戒し、誰かに吉田を見張らせていたとしても、刑事を襲うにはそれなりの動機があるはずだ。吉田と楊が顔を合わせたのは二日前……なぜ、きょうだったのかという疑問もある」

「吉田が視線を感じたのはきょうが初めてだったのですか」

「本人はそう言っている」

「吉田のきょうの行動を教えてください」

浅井が手帳を手にし、ボールペンを握った。

鹿取は、吉田の行動を簡潔に話した。

「とんかつ屋を出たあと、見られているような気がしたのですね」

「ああ」

「そのことを報告したのは赤レンガ飲食店協会の理事長宅を出たあと……どうしてすぐ鹿取さんか南に連絡しなかったのですか」

「失念したそうだ。吉田は、理事長の住所を知って、気が逸《はや》った」

「死体遺棄現場の近く……理事長はそのことについて、どう答えたのですか」

「知るわけがないと、怒鳴られたそうだ」

浅井が息を吐いた。

鹿取が話している内に浅井の表情が険しくなっていた。

「犯人は、吉田を殺すつもりだったのでしょうか」

「どうかな。おまえの頭にある犯人像なら、その可能性は低い。もっと簡単で、確実な方法がある」煙草をふかした。「楊は、どこにいる」

「事件発生直後の報告では、ひとりで六本木のキャバクラにいました。あらたな報告は届いていないので、いまもいると思われます」

「…………」

鹿取は、きのうの浅井とのやりとりを思いうかべた。

――楊習平に動きはあるか――

――……連日、愛華に出社し、昼間はほとんど外出しません――

――夜遊びは――

――愛華に入社して以降、楊が夜の街にでかけたのは四回……中陽商事の林高傑のほかは愛華の若い社員が一緒でした――

きょうはひとりで遊んでいるのか。

そのひと言は胸に留めた。話を先にすすめる。

「楊以外に、特捜班は誰を監視している」

「愛華の中村社長と中陽商事の林高傑副社長、おとといから若生を加えました」

「新都設計事務所の福山は」

「すみません」浅井が眉尻をさげる。「手配が遅れました」

「気にするな。四人の誰かが襲撃事件に関与したとしても実行犯とはかぎらん」

浅井が肩をおとした。思い直したように口をひらく。

「殺す気がなかったとしたら、襲撃の目的は何でしょう」

「威しか、警告か」

浅井が目を剝いた。

「警告だとすれば、われわれにむかって、ということになりますね」

「われわれじゃない。公安部だ」

「鹿取さんが標的かもしれません」

「………」

鹿取はそっぽをむいた。

浅井の挑発には乗らない。とはいえ、吉田が襲われたのは事実である。敵は松本も視野に入れているおそれがある。

松本の新妻の真規子の顔がうかんだ。

顔をしかめて煙草をふかし、灰皿に消した。

浅井が目を合わせる。

「代々木署で、何を、どこまで話せばいいですか」

「まかせる。が、いま話した吉田の報告は言うな」

浅井が目元を弛めた。

「襲撃事件は公安事案が絡んでいると強調するのですね」

「そういうことだ。南の事情聴取が済んだら吉田に連絡し、口裏を合わせろ。それで北沢署は手を引く。北沢署の報告書を見たら、捜査本部の幹部連中も手を引く」

「わかりました」

言って、浅井がタブレットを見た。

部下からの報告が続いているのだ。

鹿取は目をつむった。

頭の中が混沌《こんとん》としている。やることが山のようにある。

ほどなく、車が速度をおとした。

松本が声を発した。

「近くで待っています」

「車は署の駐車場に停めておけ」

「いいのですか」

鹿取は浅井に目配せした。

「公安部の車両として手続きします」

浅井が何食わぬ顔で言った。


代々木署の応接室に入った。

警視庁刑事部の森永管理官と山賀係長はすでにいた。

森永は憮然とした顔で、奥の一人掛けのソファに座っている。

上座を選んだのは警察官僚としての威厳を保ちたかったのか。

浅井も森永も同格の管理官である。浅井のほうが二歳上、部署の格でいえば、公安総務課のほうが上に位置する。

とはいえ、浅井は、旧国家公務員採用Ⅱ種合格の、俗にいう準キャリアである。

警察庁警備局長直轄の特別捜査班の一員として活動していたこともあり、準キャリアとしては異例の速さで公安総務課の管理官になれたといわれている。だが、さらなる出世は望めそうにない。いかに優秀であろうと、どれほど実績を挙げようと、準キャリア組は本庁の課長職が最高到達点で、局長以上の職に就くことはまずありえない。

他方、森永は旧国家公務員採用Ⅰ種合格で、警察庁に入庁した。

二人は三か月前にも顔を合わせている。

「森永さん、深夜に押しかけて申し訳ない」

浅井が丁寧に言い、右側のソファに腰をおろした。

森永が表情を弛めた。

「遠路、ご苦労さまです」

鹿取は、左側にいる山賀のとなりに座った。

それが筋である。ただし、浅井を孤立無援にするつもりはさらさらない。

「早速ですが」山賀が言う。「うちの吉田が襲われたのは公安事案と関係があるのでしょうか。吉田は、その事案にかかわっていたのですか」

「それはない」浅井がきっぱりと言う。「しかしながら、吉田を襲撃した者は公安事案の捜査対象者とつながっていると考えられる」

「どういうことでしょう」

「わたしは、官邸筋の要請を受け、特捜班の一員として動いている。ゆえに、公安事案の詳細は教えられない。ただ、刑事部所属の警察官が巻き添えを食う形で襲撃されたのだから、あなた方を無視するわけにもいかない」浅井がひとつ息をつく。「捜査中の公安事案には新橋の再開発計画が絡んでいる」

森永が目をぱちくりさせた。

山賀が口をひらく。

「うちの事案ともつながっているということですか」

「穿《うが》ち過ぎだ」

浅井がはねつけるように言った。

鹿取は割って入った。

「吉田は、新橋の再開発計画に目をつけていた。理由は前に話したとおり……開発事業に利権は付きもの。当然、トラブルが発生する。で、吉田は、捜査本部《チヨウバ》を立ちあげた直後から新橋に張り付き、聞き込みを行なっていた」

「それが公安事案の監視対象者を刺激したと言いたいのか」

山賀が食ってかかるように言った。

「その可能性も、ある」

「誰を刺激したのだ」

「わからん。吉田が事情を聞いた相手は五十人を超えている」

鹿取はこともなげに答えた。

吉田が何人から事情を聞いたのか知らない。が、曖昧なもの言いをすれば、山賀に付け入られる。森永も納得しないだろう。

「あとは、わたしが」浅井が声を発した。「吉田が襲撃された件については、すでに公安部として捜査を進めている。捜査に進展があれば報告する」

山賀が前のめりになる。

「刑事部は手を引けと……そう言われるのですか」

「無理強いはしない。しかし、そちらが独自に動き、こちらの捜査に支障を来すような事態に陥れば、看過できない。念を押すが、官邸筋の要請なのだ」

浅井は表情ひとつ変えない。

鹿取は胸の内でにやりとした。

浅井が森永を意識しているのはわかる。警察官僚の本籍は霞が関である。彼らは官邸を無視できない。警察官僚出身の国会議員でさえ頭があがらないのだ。

森永がおもむろに口をひらいた。

「事情は承知した。しかしながら、いまの説明だけでは捜査本部の連中は納得しない。仲間が襲われたのだ。そのへんを考慮してもらえないか」

「いいでしょう」

浅井があっさり返した。

鹿取は、浅井と森永の顔を交互に見つめた。

これからが本番である。結末は予想できても、やりとりに興味が湧いた。

浅井が言葉をたした。

「われわれの監視対象者のひとりは、中国人の楊習平です」

「えっ」

森永がのけ反った。

山賀はぽかんとした。

「周知のとおり、楊は三か月前の議員秘書射殺事件の主犯と目された男……われわれもだが、あなた方も煮え湯を飲まされた思いでしょう。なので、教えました」

山賀が咽を鳴らし、浅井を見つめた。

「吉田は、捜査の過程で楊に目をつけたのですか」

「聞き込みのさなか、ばったり楊と出会《でくわ》した……そうですね、鹿取さん」

「ああ。吉田は、公安部の監視下にある会社を訪ね、被害者と縁のある人物から話を聞いた。その会社を去るさい、楊習平を見かけたそうだ」

山賀が視線をむける。

「吉田は、今回の事件にも楊がかかわっていると考えたのか」

「どうかな。が、前回のことがある。俺に報告したのもそのためだろう」

「おまえはどう思う」

「どうも思わん。予断は持たん」

「吉田が事情を聞いたのだから、その会社は再開発計画にかかわっているのだな」

「デベロッパーの片割れよ」

「なんと」山賀が目を剝く。「楊習平は再開発計画に首を突っ込んでいるのか」

「答えられん」

ぞんざいに返した。

山賀が眉を曇らせる。

浅井が声を発した。

「森永さん。楊習平の件、胸に留めてもらえませんか。もちろん、そちらの事件に楊もしくは監視下にある会社が関与していると判断すれば、協力は惜しみません」

「状況は理解した。とはいえ、われわれは事件を解決する責務がある。その会社が事件と無関係だと判断するまで捜査を止めるわけにはいかない」

「止めはしません」浅井がきっぱりと言った。「が、その会社はわれわれの監視下にあることはお忘れなく。ここから先は独り言……楊はいまも中国大使館とつながっている。くだんの会社も中国と深い関係にある」

「…………」

森永が口をつぐんだ。

何ともうらめしそうな目つきになる。

「失礼ですが」山賀が言う。「それは、捜査本部への圧力ですか」

「どう受け取っても構わない。われわれは、粛々と任務を遂行する。捜査に支障を来す事態がおきれば、官邸に報告し、善後策を講じることになる」

「汚い……」

山賀がつぶやいた。

「よさないか」森永が声を張った。「浅井管理官に失礼だ」

「すみません」

山賀が頭をさげた。

承服していないのはあきらかだ。頬が痙攣《けいれん》している。

森永が浅井に話しかける。

「申し訳ない」

「気にしていません。山賀係長の心中は察します。わたしも、自分の言動に腹が立つこともある。しかし、任務は任務。理不尽と思うことでもやり遂げるしかない」

森永がこくりと頷いた。

浅井が言葉をたした。

「わたし個人の考えながら、捜査本部との連携はやぶさかではない。ただし、こちらは機密性が高い事案なので、その場合は、鹿取警部補との連携にさせていただきたい」

鹿取は顔をゆがめた。

おまえ、混乱に乗じて俺を抱き込むつもりか。

咬《か》みつきそうになった。

森永の表情が弛んだ。

それを見て、諦めた。

渡りに船。森永はその気になったようだ。

鹿取は機に乗じた。山賀に話しかける。

「ところで、新都設計事務所の件はどうなった」

「家宅捜索か……検討中だ」

「ぐずぐずしているからこんなことがおきる」

「どういう意味だ」

山賀が食ってかかった。

「吉田は、新都設計事務所にも目をつけていた」

「ほんとうか」

山賀が目を見開く。

森永が声を発した。

「わかった。あすの朝にも手続きをとる」

「お願いします。それと、家宅捜索には浅井の部下を同行させます」

森永が眉をひそめた。

鹿取は見なかったふりをし、腰をあげた。

「おまえは性格が悪い」

車に乗るなり、ひと声発した。

「鹿取さんが動き易くなるよう、手を打ったのです」

浅井が澄ました顔で答えた。

「マツ、赤坂に帰る」

声をかけ、鹿取は煙草を喫いつけた。

浅井が口をひらく。

「どうして家宅捜索に自分の部下を同行させるのですか」

「押収したデータの解析を頼む」

「鹿取さんは、新都設計事務所を殺人事案の的にしているのですか」

「売られた喧嘩を買うだけのことよ」

さらりと返し、きのう訪ねた新都設計事務所での悶着を教えた。

「福山という男、筋金入りのようですね」

「たのしそうに言うな」

「そんなふうに聞こえましたか」

「おまえもマツも、俺を粗末にし過ぎる。年寄りは労《いたわ》るものだ」

「敬意と愛情のあらわれです」

車がゆれた。

松本が笑いを堪えたのだ。

浅井が話を続ける。

「そんな悶着があったのなら、家宅捜索は空振りにおわるかも……自分が福山なら、再開発事業に関する内部資料をほかに移し、パソコンのデータは消去します」

「だから、公安部が頼りになる」

浅井が目をまるくした。

「データの復元ですか」

「お手の物だろう。刑事部の捜査支援分析センターでも可能だが、山賀にあれこれ訊かれるのは面倒だ。おまえなら、ほかの情報との照合もできる」

「わかりました。南を行かせます」

「頼む。ついでに、南を預かる」

「吉田と組ませるのですね」

「ああ。当面、新都設計事務所と新都がかかわっている地主らの周辺をさぐる」

「殺人事件の背景……新橋の再開発にまつわるトラブルと読むのですか」

「ほかに何がある」

あっさり返した。

浅井が目をぱちくりさせた。

鹿取はにやりとした。

「たまには予断で動くのもいいだろう」

「本音ですか」

「ああ。吉田の勘に興味がある」

「赤レンガ飲食店協会の植松……彼の自宅の近くに死体が遺棄されたことですか」

「それもある」

鹿取は曖昧に返した。

遺棄現場だけではない。

――植松は何かを隠しているように感じました――

植松と面談したあとの電話で、吉田はそう言った。

浅井にその話をするつもりはない。勘と予断は異なる。吉田の勘に乗ってみたくなったのは事実だが、そこから推論を展開するつもりはない。

やればわかる。捜査にむだはつきもの。そんな気になったのはひさしぶりである。

「あすから、新都設計事務所のビルの防犯カメラの映像もリアルタイムで見られるようにします。所長の福山も監視下におきます」

「俺のほうに人手を割くな。特捜班は人員がかぎられているだろう」

「ご心配なく。吉田が襲撃された事件は自分の身内を動かしています。代々木署の捜査本部と連携するのですから、人員を増やしても名目は立ちます」

「おい、勘違いするな」目でも凄んだ。「俺は、殺人事案の捜査しかやらん」

「それで結構です」

浅井があっけらかんと言った。

どうせ公安事案にも首を突っ込むはめになります。

顔にはそう書いてある。

「ほかに指示はありますか」

「新都の連中の個人情報を頼む。おまえが言った四人全員だ」

「所長の福山、企画部長の成田、社員の小林と木暮ですね」

念を押すように言った。

浅井の記憶力は確かだ。とくに人名はぽんぽんでてくる。

鹿取は窓のそとに目をやった。

赤坂通りに入ったところだ。

「マツ、俺を降ろしたら、浅井を送ってやれ」

松本の返事より早く、浅井が声を発した。

「自分も降ります」

「桜田門に戻るんじゃないのか」

話している間も、浅井はタブレットに目をやり、ときおり指を動かしていた。

「別荘でも仕事はできます」

カラオケボックスのことだ。鹿取と松本の符牒《ふちよう》を浅井も使うようになった。

「鹿取さんに連絡する手間が省けるし、腹も空きました」

「まかせてください」

松本が元気な声で言った。

鹿取は頭をふった。

もう二人とも手に負えなくなった。


翌朝、赤坂で待ち合わせた南を伴って六本木へむかった。

新都設計事務所のオフィスが入るビルの前の路肩には青色の警察車両とグレーのセダンが停まっていた。中に人はいない。

それを見て、南が不安そうな顔をした。

「遅れたのですか」

「気にするな。俺が行けば仕事の邪魔になる」

「どういう意味ですか」

「行けばわかる」

鹿取はぶっきらぼうに返し、エントランスに入った。

一時間半前、上司の山賀が電話をよこした。

――捜索差押許可状はとった。午前十一時から家宅捜索を行なう――

十分の遅れだ。


ドア越しに声が聞こえた。

怒鳴り声は所長の福山か。社員の小林の声も聞こえた。

鹿取は肩をすぼめ、ドアを開けた。

数人の視線を一斉に浴びる。

山賀の目が怒っている。山賀のそばに立つ福山は眦をつりあげていた。彼らを囲むようにして立つ捜査員らの表情も強張っているように見えた。

山賀の視線を無視し、鹿取は福山に近づいた。

「朝っぱらから怒鳴るな。近所迷惑だ」

「何だと」

福山が鼻面を合わせる。

「おまえのリクエストに応えてやったまでよ。令状を見てないのか」

「てめえ」福山が顔をゆがめる。「ここの誰も殺人事件にはかかわっていない」

「そんなことはこっちが判断する」

山賀に顔をむけた。

「こいつら、暴れたのか」

「公務執行妨害で逮捕する寸前だった」

表情の割に、山賀のもの言いは余裕がある。

「捜索を始めてくれ。福山は俺が相手をする」

言って、福山の腕をとった。

「何しやがる」

小林が声を荒らげ、突進してきた。

体をかわし、小林の足を払う。前のめりになる小林の頬に拳《こぶし》を見舞った。

小林が床に膝をつく。「きさまっ」真っ赤な顔で吼《ほ》えた。

「やめないか」

福山のひと声で、小林が動きを止めた。

「刑事さん、勘弁してくれ。こいつは血の気が多くて……応接室で話そう」

福山の声にも余裕を感じた。

啖呵《たんか》を切ってみせたのは茶番か。

そんなふうにも思える。

「南、パソコンを頼む」

声をかけ、その場を離れた。


応接室のソファで福山と差し向かった。

福山がネクタイを外している間に煙草を喫いつけた。ふかし、話しかける。

「捜索は想定外か」

「どうかな」

福山がにやりとした。

「俺のことを調べたか」

「桜田門の幹部も手を焼く、ろくでなしの刑事らしいな」

「誰に聞いた」

福山がゆっくり首をまわした。視線を戻す。

「なあ、鹿取さん。あんたの狙いは何だ」

「通常の捜査よ。被害者は新橋の土地売買にまつわるトラブルに巻き込まれていたとの情報がある。それを裏付けるために差し押さえの令状をとった。この会社は、デベロッパーから土地売買の交渉を委託されている。抗議される謂《いわ》れはない。何もでてこなければ、押収品はそっくり返してやる」

「そのときは、頭をまるめて来い」

「調子に乗るな。小林とかいう野郎を引っ張ってもいいんだぜ」

「ばかなことを……あいつは殴られ損じゃないか」

「別件よ。テナントビルで商売する経営者を威したという証言がある」

「漫画喫茶の業突くおやじか」

福山が鼻で笑った。

答えず、鹿取は煙草をふかした。

福山は訊いていないことまで喋る。

稼業にはそうとうの自信があるようだ。

——豪腕地上げ屋の直弟子の下で、不動産・建築関連のトラブル処理にかかわっていた。渋谷駅前の再開発事業で幾つかの難題を処理し、頭角をあらわしたそうです。事務所設立にあたり、経済の混乱期こそ俺の出番と豪語したとか——

——六本木を島に持つ金竜会とつながっています。金竜会は神戸の神俠会の二次団体で、くだんの豪腕地上げ屋は神俠会本家の幹部と昵懇の間柄でした——

――渋谷駅前の再開発事業には四菱不動産も共同参加していたので、若生が福山に声をかけた可能性はあります――

頭の中には浅井の言葉がある。

「うちはまっとうな会社だ。仕事柄、気性の荒い社員が揃《そろ》っているが、警察の世話になるようなまねはせん。ましてや、殺しなど割の合わないことは絶対にしない」

「そうですか」

さらりと言い、ふかした煙草を消した。

「おまえ、地上げ屋の残党らしいな。ケツ持ちはいるのか」

「いるわけねえだろう」巻き舌になった。福山が顔を近づける。「あんた、先日も喧嘩を売っていたが、俺を怒らせたいのか」

「俺は、買い専門よ。ところで、おまえは中陽商事の誰と親しい」

「一面識もなくても、仕事は請ける」

「………」

鹿取は、福山の目を見据えた。

瞳はぶれない。まっすぐ睨み返している。

よく喋るが、肝心要のことは巧みにはぐらかす。

こんな男を相手にすれば神経が摩耗する。

山賀に誘われ、そとに出た。

外苑東通りに面した雑居ビルの一階にある喫茶店に入った。

窓際の席に座ってコーヒーを注文した。

山賀が口をひらく。

「社長の福山はやくざか」

「さあ」

「とぼけるな。公安部も新都設計事務所を的にかけているのか」

「知らん」

「それならどうして浅井管理官の部下を連れてきた」

「あいつはＩＴに強い。データ解析のプロだ」

思いつきを声にした。山賀といえども公安部の情報は教えない。筋を違える。

山賀が訝《いぶか》しそうな目をしたが、声はなかった。

諦めたのか。鹿取がぎりぎりまで手持ちの情報を教えないのはわかっている。好奇心は旺盛《おうせい》でも、易々《やすやす》と公安事案の情報を聞けるとは思っていないのだ。

息を吐き、口をひらく。

「吉田を襲った連中のほうはどうなった」

「車はＳＵＶと判明した」

　言って、浅井の報告をかいつまんで話した。

　こちらは隠すことではない。山賀の心に対して失礼になる。ただし、浅井の推論は省いた。松本に関する話は論外である。

　話している間に、山賀の表情が険しくなった。

「似ているな」独り言のように言う。「公安部のことだ。死体遺棄現場近くのＮシステムの映像と照合しているのだろう」

「そう思う。が、続報は届いていない」

「両方の車が合致したら、教えろ」

「ああ」

　あっさり返した。

　ウェートレスがコーヒーを運んできた。

　ひと口飲んで、山賀に話しかける。

「捜査は進展しているのか」

「捗《はかど》らん。偽造ナンバーの車も、金曜夜の被害者の足取りも……どこかの映像に映っていてもよさそうなものだが……」

　語尾を沈め、山賀が肩をおとした。

演技ではなさそうだ。山賀は後ろ向きになるような男ではない。

「廣川はどうしている」

山賀が目を合わせた。表情が戻った。

「きのう、被害者の元妻から話を聞いたそうだ。JR神田駅の近くで、ちいさな弁当屋をやっている」コーヒーで間を空けた。「離婚の原因だが、元妻は、わがままな亭主についていくのが疲れたと……思い切って離婚してよかったとも言ったそうだ」

「娘とは連絡をとっていたのか」

「離婚して以来、電話でも話さなかったそうだ。娘に離婚したいと言ったとき反対され、離婚したら自分は父親と暮らすとも言われたらしい」

「元亭主が殺されたのは知っていたか」

「ニュースで知ったそうだ。で、娘のことが気になり、連絡しようと思ったが、住所も連絡先もわからないのでそのままになったと」

「娘が結婚したことは」

「知っていた。雀の里の客が神田の会社に勤めていて、たまに弁当を買いに来るその客が娘と西村が結婚したと……それを聞いて、廣川は西村のことを訊いたが、気になるような反応は示さなかったそうだ」

「廣川は、まだ西村に執着しているのか」

「意気盛んよ」

「どういうことだ」

「雀の里の帳簿を管理している税理士から話を聞いた。遺言状は残してなさそうだが、被害者はその税理士に相談していたらしい。娘と西村を別れさせたい、娘が自分の遺産を相続しても西村には手を付けさせない方法はないかと……そんな話をしていたそうだ」

「西村の個人情報は集めたか」

「ああ。貯金もなければ借金もない。八重洲店の店長になって年収は百万円ほどあがり、去年は約四百万円。子はなく、家賃八万五千円のアパートに住んでいるのだから、暮らしに不自由はしていないだろう。が、夢を語るにはほど遠い」

「ん」

「西村は、いずれ自前の店を持つと、親しい者に言いふらしているそうだ」

「いつから」

「雀の宿で働いていたころは暖簾分けが夢だったらしい。友人のひとりが、被害者の娘とつき合っていると聞いたさい、暖簾分けじゃなく、二代目を狙っているのかとからかったら、西村はまんざらでもなさそうな顔をしたそうだ。雀の里を辞めたあと夢を語らなくなったが、最近になって独立の話をするようになった……その証言を得て、廣川の執着心に火がついたようだ」

「西村にはアリバイがあるじゃないか」

「妻の証言だからな。確たるアリバイが証明されないかぎり、廣川は諦めん」

「確たるアリバイがあれば諦めるのか」

「…………」

山賀がぽかんとした。

鹿取は視線をおとし、コーヒーを飲んだ。

電子音が鳴りだした。

山賀が上着のポケットをさぐる。

「山賀だ……わかった。すぐに戻る……管理官には俺が報告する」

携帯電話を畳み、目を合わせた。

「弁護士が来た。まったく、うっとうしい……鹿取、この件は貸しだぞ」

山賀が腰をあげた。

心残りがありそうな顔をしている。廣川の件を引きずっているのか。

「俺は、消える」

言って、鹿取は伝票を手にした。

新橋に移動し、ＳＬ広場の前にある喫茶店に入った。

窓際の席に座り、煙草をくわえる。火を点け、ＳＬ広場に目をやった。

きょうも空は分厚い雲に覆われているのに、人々の顔はあかるく見える。長梅雨に身体が慣れてしまったのか、あすからの三連休に思いがむいているのか。

コーヒーに口をつけたところで、相棒の吉田がやってきた。

ピンクとグレーの格子縞《こうしじま》のボタンダウンシャツに、ベージュのチノパンツ。ダークグレーのスニーカーを履き、布製のショルダーバッグを襷《たすき》に掛けている。

照れくさそうな笑みをうかべ、鹿取の前に腰をおろした。

――事情聴取がおわりました――

山賀と別れ、乃木坂方面へ歩いているとき連絡があった。

ひさしぶりに『Ｍ＆Ｍ』を覗こうと思っていた。松本と真規子が結婚してからは一度も足を運んでいなかった。予定を変更し、吉田と会うことにしたのだった。

吉田がアイスレモンティーを注文する。

ウェートレスが去るのを見て、話しかけた。

「拳銃《チャカ》はバッグの中か」

吉田はショルダーバッグを肩に掛けたまま膝にのせている。

「家に置いてきました」

「どうして」

「片手ではどこに飛ぶかわかりません」

「まぐれあたりということもある」

「流れ弾で市民を巻き添えにするおそれもあります」

「あ、そう」煙草をふかした。「で、事情聴取はすんなり行ったのか」

「はい。城島さんが相手をしてくれました。おかげで、あれこれ訊かれることもなく……不安だったのですよ。きのうの深夜に浅井管理官から電話をいただき、事細かく指示されたのですが、メモ書きを見ながら話すわけにもいかないし……城島さんが、南さんの供述調書を確認しながら質問してくれたので助かりました」

「おまえ、覚えるのも苦手なのか」

「記憶力はいいほうだと思います。でも、うそをつくのは下手、まがったことが嫌いな性分なので、浅井管理官の指示どおりに話せるか、不安でした」

「それで、よく刑事が務まるな」

「はあ」吉田が間のぬけた声を発した。「そっくりお返しします」

鹿取は首をまわし、煙草をふかした。

へこんではいないようだ。吉田の口が達者なうちは安心する。

吉田がアイスレモンティーを飲む。

顔をあげるのを待って話しかけた。

「昨夜のことで思いだしたことはあるか」

「家に帰ったあと、ずっと考えていました。目がくらむほどのハイビームで、運転席の人物どころか、何人乗っていたのか、皆目わかりません。相手がバックでむかってきたときも……拳銃をおとしたことで気が動転し、まともに車を見ていませんでした」

「襲われる前はどうだ」

「ひとつ、気になることがあります。犯人が逆走した一方通行のことです。あの道は地元の人がよく利用するし、午後十時ごろなら車がまったく通らないということはない。犯人はリスクを覚悟で逆走したのでしょうか」

「そのことを、浅井か南に話したか」

「はい。深夜にいただいた電話で浅井管理官に話しました」

「ほかには」

「赤レンガ飲食店協会の理事長宅を出て、鹿取さんに電話したとき、あの住宅街の道路に数台の車が停まっていました。その中の一台が黒のＳＵＶだったような……断言はできませんが、それも浅井管理官に話しました」

　鹿取は煙草で間を空けた。

「誰かに見られているような気がしたのは新橋のとんかつ屋を出たあとだったな」

「正確には、新橋三丁目のとんかつ屋を出てＳＬ広場に入り、飲食店協会の事務員と電話で話していたときでした」

「とんかつ屋ではどんな話をした」

「鹿取さんの指示どおり……飲食店協会に加盟し、再開発予定地で営業している六人から話を聞く予定でした。とんかつ屋の経営者はそのひとりで、立退き交渉の進捗具合を聞くつもりだったのですが、二丁目から三丁目に移転した理由を聞いて神経がそっちに向いてしまったのです」

吉田が、とんかつ屋の経営者の話を滔々《とうとう》と喋りだした。

のめり込むと話に感情が交じるのは毎度のことである。目の色も変わる。

鹿取は椅子にもたれ、煙草をふかしながら聞いていた。

「時間切れになり、おまえは定食を食べた……そのあいだ、経営者は何をしていた」

吉田が目をしばたたく。

「厨房に入り……食事をしている間は見ていません」

「女房は」

「カウンターのそばでスマホをさわっていました。でも、わたしの料理ができる前にお客さんが入ってきて……そのあとは憶えていません」

「それも浅井に話したか」

「いいえ」

鹿取は視線をそらした。

ＳＬ広場は賑やかそうだ。人が倍ほどに増えている。何を訊ねているのか、テレビクルーのひとりが中年の男にマイクをむけている。そばにいる若い女の二人連れがそれを見ている。自分らに出番が回ってくるのを待っているのか。

「鹿取さん」

声をかけられ、視線を戻した。

吉田はうかない顔になっていた。

「どうした」

「佐竹警部補が復帰されると……事情聴取がおわったあと、城島さんに聞きました。ほんとうですか。鹿取さんは知っていたのですか」

「初耳だ」

鹿取は即座に返した。

とぼけるしかない。

「自分はどうなるのでしょう」

「佐竹は、いつ復帰する」

吉田が力なく首をふる。

「復帰の話も風のうわさだと……城島さんは自分を案じてくれたのだと思います」

「おまえ、大丈夫か」

「えっ」

「いま、おまえは何をしている」

「凶悪事件の捜査……」

吉田が声を切り、くちびるを嚙んだ。

「人間、あすのことどころか、一分先のことさえわからん。考えるだけむだよ」

「すみませんでした。捜査に専念します」

「おまえのおかげで、捜査が動きだした。南と組んで、新橋を徹底的に調べろ」

「はい。でも、どうして南さんと……自分がまた襲われるとでも思っているのですか」

「つぎは、命を狙われるかも」

何食わぬ顔で言った。

吉田が口を結んだ。瞳がゆれている。

それを見て、安心した。

吉田は一点に目が向くと、周囲が見えなくなる。胸に不安をかかえていれば、警戒心を怠ることはないだろう。

あたらしい煙草を喫いつけたところで、公安総務課の南がやってきた。

「お待たせしました」

悪びれるふうもなく言い、吉田のとなりに座った。

鹿取が呼んだ。吉田からの電話のあと、南にショートメールを送った。

――作業は、あとどれくらいかかる――

――まもなくおわります――

――おわり次第、新橋に来てくれ――

吉田と待ち合わせた喫茶店の店名も書き添えた。

アイスコーヒーを頼んでから、南がノートパソコンをテーブルに置く。

「新都設計事務所のパソコンのデータはこれに移し、浅井管理官に転送しました」

吉田が目をまるくした。

「捜索令状をとったのですか。うちの管理官も係長も、よく許可をだしましたね」

「おまえが襲われ、名目ができた」

「自分を襲ったのは彼らだったのですか」

「早とちりするな。犯人の影さえ踏めていない。どさくさ紛れに許可をとった」

「……………」

吉田が深いため息をついた。

どうしようもない男だと顔に書いてあるが、目は怒っていない。

鹿取は視線をずらした。

「気になるデータはあったか」

「まだ何とも……六台のパソコンのデータをチェックする時間はありませんでした。ここにくる道すがら、ざっと目を通した程度です」

「新橋の地主や賃貸で事業を行なっている者とのやりとりを記したデータはあるか」

南がノートパソコンにふれる。ややあって、顔をあげた。

「福山所長と成田企画部長のパソコンを見たかぎり、交渉の日時や内容を記したものはないです。変ですよね。まともな会社なら資料として残すはずなのに」

「どこかに移したのさ」

南が目を見開く。

「家宅捜索を予見していた……そういうことですか」

「たぶん。いや、警察の介入を予見しなくても、情報の管理は徹底していたと思う。まともな会社がまともな仕事をしているとはかぎらん。ましてや、新都は、デベロッパーが手を焼く、厄介な仕事を請け負っている」

「そうですね」南が息をつく。「新都設計事務所が担当していると思われる相手のリストがあります。これに載っているのは二十四人です」

「そんなものか」

「再開発予定地の立退き対象者は何人いるのですか」

「地主と賃貸での事業者は五百人を超える。関係者の証言では約九割が合意に達しているそうだ。それが事実だとして、現在交渉中の相手は約五十人……交渉相手の約九割は土地やビルのフロアを借りている事業者らしい」

「新都設計事務所は、厄介な相手とだけ交渉しているのですね」

「もしくは、金額がおおきいか」

鹿取はふかした煙草を消した。

ここで推論をかさねてもむだなことだ。

「吉田、新橋商店連合会と赤レンガ飲食店協会の名簿は持っているか」

「はい」

吉田がショルダーバッグに手を入れた。

「それとパソコンのデータを照会し、二十四人から事情を聞け。二度目でも三度目でもかまわん。新都との交渉の内容に的を絞れ」

「承知しました」

「それと、時間があれば、蕎麦屋の主《あるじ》の周辺もさぐれ」

「協会の植松理事長ですね」目が光る。「いいのですか」

「納得するまで、やれ」南にも声をかける。「吉田を頼む」

言い置き、鹿取は席を立った。

歩道は人で溢《あふ》れていた。昼食をおえ、オフィスに戻るのか。

まもなく午後一時になる。

★　★

南が話しかけた。

「先に食事を済ませますか」

「お腹が空いているのですか」

「そうではないけど、吉田さんは」

「気が急《せ》いていて……よければ、聞き込みに回りたいです」

「では、そうしましょう」南があっさり言う。「肩の具合はどうですか」

「何だか、しっくりきません。でも、痛みは消えたし、職務に支障はありません」

鎮痛剤が効いているのか、痛みはほとんどない。意識がほかにむけば肩を動かしてしまいそうだ。が、用心はしている。亜脱臼は癖になりやすいので、完治するまでは患部に負荷をかけないよう、医師に言われた。

「どこから始めますか」

「ニュー新橋ビルの通り向かいにあるテナントビルに行きましょう」

そのビルは捜査初日にも訪ねた。経営者不在のため三店舗から話を聞けなかった。その内のひとつが新都設計事務所の担当リストに載っていた。

鹿取が喫茶店を去ったあと、リストと名簿を照会した。リストに載る二十四人の地主や事業者の内の十九人と面談していた。南と相談し、残る五人を優先すると決めた。

信号を渡り、左折する。すこし歩いて足を止め、頭上の袖看板を指さした。

「三階の、治療院です」

袖看板には〈鍼《はり》　灸《きゅう》　指圧〉の文字がある。

二階は漫画喫茶である。その経営者には鹿取が話を聞いた。

——きのうきょう始めたわけじゃないんだ。あそこで二十年も商売している。家主とは五年毎に更新し、あと三年の契約が残っている。地主の都合で立ち退くのだから、それなりの見返りは当然じゃないか——

経営者は眦をつりあげ、まくし立てた。

あけすけなもの言いは本音の吐露だったのだろう。

「質問は吉田さんにまかせ、自分はメモをとります」

「助かります」

吉田は笑顔で答えた。

金属が擦《こす》れるような音がするエレベーターで三階にあがり、治療院の扉を開けた。

「いらっしゃいませ」

あかるい声がした。

施術台に男が横臥《おうが》していた。

男の身体に両手をあてたまま、女がこっちに顔をむけている。三十歳前後に見える。丸顔で、肌は浅黒い。東南アジアから来たのか。

ほかの二台には人がいない。手前の簡易ソファも空いている。

吉田は、ちらりと警察手帳を見せた。

「経営者の花村《はなむら》さんはおられますか」

「あっちのスタッフルームにいると思います」

流暢《りゅうちょう》な日本語だが、アクセントが異なる。

礼を言い、左側にあるドアをノックした。

《どうぞ》

女の声がした。

吉田の声が聞こえていたのか。

中に入った。

四畳半ほどの部屋である。左にコンパクトなデスク、右に長方形のテーブルと四脚の椅子があり、壁にはロッカーが置いてあった。

デスクの前に座る女がチェアーを回転させた。

歳は五十代半ばか。顔も身体もまるい。指圧は効きそうだ。

「わたしが花村です。どちらさまですか」

「警視庁の吉田と申します。連れは南です」

「そう」花村が眉を曇らせた。「営業中だから、手短にね」

言って、テーブルの席を勧めた。

吉田は花村と向き合い、南は吉田のとなりに座った。

「さっそくですが、先日亡くなられた菅原さんをご存知ですか」

「連合会の事務長ね。あしたお葬式だと通知があった。顔も名前も知っているけど、つき合いはなかった。連合会の会合や行事にはほとんど参加しないからね」

「再開発計画について話し合う会合にも参加しなかったのですか」

「そりゃでたわよ。死活問題だもの」

「このビルは取り壊されると聞きました。当然、ここも立退きの対象になる。その点について、事務長と話し合わなかったのですか」

「事務長と話して、どうするの」あきれたように言う。「フロアを借りて商売しているんだからさ。交渉の相手はビルのオーナーと再開発の事業主に決まっているじゃない」

「失礼しました」

あっさり返した。

ため息がでそうになる。堪え、質問を続ける。

「ビルのオーナーと事業主……両方と交渉しているのですか」

「いまは事業主一本……そんなこと、事件と関係があるの」

「被害者は、このビルのオーナーとも事業主側の人とも接点がありました。事件との関連性についてはこちらが判断することです」

「そう」

面倒そうに言い、左手で首筋をさすった。

吉田は間を空けない。

「事業主側の誰と交渉しているのですか」

「新都設計事務所……事業主の中陽商事の代理人よ」

「担当の方の名前を教えてください」

「はあ」

花村が眉をひそめた。

苛々しているのはあきらかだ。

「被害者は、新都設計事務所ともかかわりがありました」

「所長の福山って人……小林という若い男が来ることもある」

「交渉は順調に進んでいますか」

「そんなわけないじゃない」吐き捨てるように言う。「おカネの交渉なのよ。むこうは立退き料を低く抑えようとする。こっちは、相手の言いなりにはならない」

吉田は、鹿取と漫画喫茶の経営者とのやりとりを思いだした。

「下の漫画喫茶も交渉中だとか……経営者をご存知ですか」

「知っているわよ。ときどき、話をする」

「どんな」南が割って入った。「共闘しているのですか」

「何てことを」

花村の声がうわずった。

吉田もおどろいた。

南が続ける。

「新都設計事務所の社員に威されていませんか」

「………」

花村が目を剝いた。口も半開きになる。

「脅迫まがいの交渉をしている……そんなうわさもあります」

「そりゃ……お互い、感情が昂《こう》じることもあるからね。結局、我慢比べさ」

言って、花村が腕の時計を見た。

交渉の内容に関しては話す気がなさそうだ。

路上に立つなり、吉田は声を発した。

「ありがとうございます」

南がきょとんとする。

「代わりに訊いていただきました」

「共闘、ですか。別のことを訊きたかったのですが、つい、でちゃいました」

「別のことって何ですか」

「おなじビルで商売していて、どちらもおなじ相手と交渉をしていれば、お互い交渉の中身が気になるでしょう。だから、情報交換をしているのかと聞くつもりでした」

吉田は頷いた。

——おなじビルの、おなじ階なのに、提示された金額が違うみたい——

——うちのほうが長くやっているのに、売上も多いはずなのに、おなじビルで営業しているという理由で一律なんて、納得できない——

これまでの聞き込みでそういう話を耳にした。

相手の都合で立退きを余儀なくされるのだから一円でも多くという心理は理解できる。

それでも、そんな話を聞くたび気持が沈んでしまう。

「共闘していると思いますか」

「ぼくならしします。恐がりだから」

南が目元を弛めた。

吉田も笑みをうかべた。

「つぎは、どこへ」

「きのう訪ねたとんかつ屋の三階に行きたいです」

「何をやっているのですか」

「アダルトショップ……みたいです」

吉田は小声で言い、目を伏せた。

口にするのも恥ずかしい。学生のころ、彼氏とアダルトショップに行って買ったの、と友人にピンクのバイブレーターを見せられたときは卒倒しそうになった。

吉田は歩きだし、肩をならべる南に話しかけた。

「きのうの事件、公安部が捜査しているそうですね」

北沢署の城島巡査部長からそう聞かされたときはおどろいた。

鹿取に会ったら理由を教えてもらうつもりだったが、訊きそびれてしまった。

「ぼくが発砲したので、そうなったのでしょう」

南が他人事のように言った。

吉田は肩をすぼめた。

公安事案の話に及ぶと、南の口は堅くなる。その印象は変わらない。

「何かわかったことはありますか」

「ぼくにはわかりません。昨夜の件は、ぼくらの班とは別の者が担当しています」

「南さんの班は……」

声を切った。

まともには答えてくれないだろう。

「楊習平ですよ」

「えっ」

思わず足が止まった。

南も立ち止まる。

「浅井管理官の的は楊習平……背景は言えないが、楊は新橋の再開発計画にかかわっていると思われます」

「中国大使館も関与しているのですか」

「吉田さん」

南が声を強くした。目が諫《いさ》めている。

「すみません」

「ぼくらの任務に関する話はできません。が、これだけは言っておきます。あなたは仲間です。三か月前も連携した。きのうの事件で、仲間意識はさらに強くなった。ぼくだけじゃない。浅井管理官もおなじ気持だと思います」

「ありがとうございます」

吉田は腰を折った。


あかるい店内にはいろいろなものが陳列してある。ピンクにオレンジ、イエローと、カラフルな色の品ばかりだ。笑顔いっぱいの若い女のポスターがあちこちに貼ってある。

吉田は目を白黒させた。

想像していたのとはまるで違う。

「男性に人気のグラドルとＡＶ女優ですよ」

南が耳元でささやいた。

「くわしいのですか」

「ぼくも男です」

南がこともなげに言った。

レジカウンターの近くにいる女が声を発した。

「こんにちは」

店員なのか。白のブラウスに赤と黒の格子縞のベスト。ショートボブヘアにピンクのリボンを載せている。二十歳くらいか。愛くるしい小顔である。

接客はしないのか。女が背をむけた。

吉田は、あわてて声をかけた。

「すみません。店長の山崎《やまざき》さんはおられますか」

女が身体のむきを戻した。

「はい。どちら様ですか」

吉田は、女に近づき、警察手帳を手にした。

「警視庁の者です」小声で言う。「ある事件の捜査でお話を伺いたいのですが」

「どうぞ」

訝るふうもなく答え、通路を歩きだした。

奥のドアに〈STAFF ONLY〉のプラスチック札が貼ってある。

女がノックをし、ドアを引き開けた。

「警察の方がこられました」

「お通しして」

短いやりとりだった。

吉田は中に入った。

二十平米もなさそうだ。左に正方形のテーブルとデスク、右はスチール棚。段ボール箱がぎっしり詰まっている。こちらは殺風景だった。

デスクの男が顔をむけた。

やさしそうな目をしている。三十代前半か。短髪の丸顔。白のポロシャツに紺色のコットンパンツ、白のスニーカーを履いている。

「警視庁、捜査一課の吉田です」

間を空けずに南が名乗った。

「山崎です。どうぞ」

勧められ、椅子に腰をおろした。

二脚しかないのか、山崎はデスクチェアに座ったままだ。

となりに座った南が口をひらく。

「ここは長いのですか」

「五年が過ぎました」

「新橋商店連合会の名簿には店長とありますが、経営者は別の方ですか」

「いいえ。わたしがオーナーです。ＡＶマニアが昂じて」目元に笑みをうかべる。「以前はこの近くの会社に勤めていました」

「儲かっていますか」

「おかげさまで。ここは男性の常連客がほとんどで、売上の多くはネット通販です」

「そちらも男性がメインですか」

「逆です。ネットは八割方が女性……リピーターも女性が多いですね」

「へえ」

南が頓狂な声を発した。

「玩具《おもちゃ》は裏切りませんから」

山崎が頬を弛めた。

嫌な笑顔ではなかった。

南が顔をむけ、目配せした。

吉田は、南が先に質問した理由を知った。場を和ませようと気を遣ったのだ。

山崎を見つめ、口をひらく。

「新橋商店連合会の事務長だった菅原さんと面識はありますか」

「ええ。それほど親しかったわけではないけど……あんなことになって残念です。あの事件のことで来られたのですか」

「そうです。このビルは再開発予定地に入っていますね」山崎が頷くのを見て続ける。

「被害者は、予定地内の地主や経営者の方々と立退きの件で話し合っていたようですが、あなたもそうでしたか」

「ええ。新橋の発展のために協力してほしいと」

「どう答えたのですか」

「何も言うことはありません。ここで店を続けられないのは理解していますから」

「それでも良い条件で合意したい……で、交渉が長引いているのですか」

「そんなことも調べたのですか」山崎が苦笑を洩らした。「わたしはオタクでして……交渉事は苦手なので、おなじ立場の人を頼りにしています。その人からは、交渉が難航しているとは聞いていません」

「どなたに頼っているのですか」

「一階のとんかつ屋さんです」

吉田は目を見開いた。

「とんかつ屋のご主人とは親しいのですか」

「昼か夜か、毎日、下で食べています。でも、ご主人ではありません。交渉の席に着いているのは奥さんです。できるかぎりわたしも同席していますが、奥さんが相手の方と……いつも奥さんには感心させられます」

「交渉の相手は中陽商事、もしくは新都設計事務所ですか」

「新都設計事務所の福山所長です。その方も口が達者で……押しが利くというか、迫力もあって、わたしひとりならとっくに判子を押しています」

「とんかつ屋の奥さんは、そんな人が相手でも負けてはいないのですか」

「ええ。とはいえ、交渉の場の雰囲気は悪くないですよ。次回の交渉にはビルのオーナーも同席するそうなので、決着がつくかもしれません」

「いつですか」

山崎が視線をふった。

壁に新橋商店連合会のカレンダーが掛けてある。

「来週の金曜です」

「印鑑を持参するよう言われましたか」

「いつも持っています。立退き料は多いに越したことはないけど、揉《も》めたくはない。他人と張り合えるような性格なら、オタクになんてなりません」

「立退きになったら、ネット通販だけで商売を続けられるのですか」

「とんでもない」山崎が目をまるくした。「店を畳んでしまえば、ＡＶの女優さんやフードルの方々と会えなくなるじゃないですか」

「フードル……」

「風俗アイドル……成人向け雑誌のグラビアに載っている人たちです。わたしは彼女らのサイン会や撮影会を企画しているので、皆さん、ここに立ち寄ってくれます。そうそう、さっきあなた方が会った子もフードルですよ。いま、売出し中です」

「えっ」

思わず奇声を発した。

路地角の駐車場のそばで足を止めた。

目の前を左から右へ二台の車が通り過ぎる。後続の車も見える。時刻は午後六時半。前方も後方も人が歩いている。

吉田は右手で左腕にふれ、ちいさく息を吐いた。

恐怖心はないけれど、身体は疲れている。左腕の自由を奪われたせいか、気が張り詰めていたせいか。後頭部に鉛が張り付いているような感覚がある。

——会議にはでなくていい。まっすぐ家に帰って身体を休めろ——

新橋から報告の電話をしたさい、係長の山賀にそう言われた。

吉田は素直に受け入れた。疲労を覚えていたからではなかった。山賀に報告する前に、南からもあかるいうちに帰宅するよう勧められた。

皆に心配をかけたくなかった。

——あなたは仲間です。三か月前も連携した。きのうの事件で、仲間意識はさらに強くなった。ぼくだけじゃない。浅井管理官もおなじ気持だと思います——

南の言葉が心に残っている。

昼間は六人に会い、話を聞くことができた。新都設計事務所のリストに載っていた交渉相手の四分の一である。それでも、きょうは順調に行った。

心残りもある。

赤レンガ飲食店協会理事長の植松の周辺をあたれなかったことだ。

――納得するまで、やれ――

鹿取からあんな言葉をかけられるとは夢にも思っていなかった。

あのひと言で勇気が湧いた。南の言葉が背を押してくれた。

「お帰り。早かったね」

母の笑顔に迎えられた。

――七時までには帰ります――

山賀との電話のあと、母のスマートフォンにメールを送った。

母はキッチンに立ち、包丁を持っていた。ジーンズにTシャツ。母の作業着である。エプロンも掛けていない。帰宅して休む間もなく夕餉《ゆうげ》の支度をしているのか。

着替えておいでよ。

声にはしなかった。母の愛情は身に沁みている。

ショルダーバッグをダイニングの椅子に掛け、腰をおろした。

母がふりむく。

「肩は、どう」

「問題ない。動かせないのはじれったいけど」

「一週間程度で治るのでしょう」

「うん。痛みは三、四日で消えると言われた。けど、反復性脱臼になりやすいから、痛みが消えても、しばらくは動かさないほうがいいみたい」

「気性との闘いね」

「えっ」

「我慢の利く性格じゃないもの」母が笑って言う。「着替えておいで」

吉田は首をすくめた。

ピリッと電流にふれたような痛みが走った。


二階にあがって着替え、一服してキッチンに戻った。

テーブルには料理がならんでいた。鯵《あじ》の干物と冷奴《ひややつこ》、大根と人参《にんじん》の糠漬けに焼海苔《やきのり》。きのう作った筑前煮は湯気が立っている。

母が味噌汁を運んできて、娘の前に座った。

吉田は右手で椀《わん》を持った。いりこの香りにほっとする。母の味は子どものころから変わらない。いりこ出汁の味噌汁は父の要望だったという。糠漬けもそうである。

「捜査は捗っているの」

「全然……何も見えない」

「あなたが襲われたの、事件と関係があるの」

母の表情が沈んだ。

昨夜は遅く帰ったこともあって、事件の話はしなかった。もっとも、母は、襲われたことにはふれず、娘の怪我の具合を気にしていた。

「それもわからない」

口が重くなった。

自分が襲われた事件は公安部が担当することになった。

そんなことを言えば、母の心労が増える。三か月前の殺人事案の捜査で公安部と連携したことは話したが、今回は自分の怪我のことがある。

静かな食事がおわった。

麦茶を飲み、母を見る。

「わたし、異動になるかも」

母が目をまるくした。

「どうして」

「療養中の警部補が職場復帰するみたい」

「そうか……」

母の声が沈んだ。

吉田が臨時の補充要員として強行犯三係に配属されたことを知っている。

「心配しないで。警察官をクビになるわけじゃないんだし」

「そうは言っても……いつから」

「知らない」

さらりと返した。

母が首をかしげる。

吉田は顔を寄せた。

「どうしたの」

「へこんでないみたいだから」

「そんなひまはないもん」

母が目を細めた。

「逞《たくま》しくなったね」

「図太くなったのかも……だとしたら、鹿取さんのせいね」

「感謝しなきゃ」

「違うでしょう。わたし、鹿取さんのような人間にはなりたくない」

「……………」

ぽかんとしたあと、母が声を立てて笑った。

つられて、吉田も笑った。

★　★

午後六時を過ぎて、松本がやってきた。

「どうした。にやにやして、子ができたか」

「ご冗談を……女房は商売のことで頭が一杯でして、子作りには興味がないようです」

「もう愛想を尽かされたのか」

「どうなんでしょうね」

他人事のように言い、松本がカウンターの中に入った。両手に提げていたレジ袋をキッチンに置き、中身を冷蔵庫や収納庫に手際良く収める。

鹿取はカウンターの端で頬杖《ほおづえ》をつき、煙草をくゆらせながら眺めていた。

昨夜の車中での浅井とのやりとりがうかんだ。

――手際がいいです……こちらの動きを察していたのかもしれません――

——敵は、この車を知っているという意味か——

——可能性はあります。襲撃者もしくはその身内が代々木署を見張っていて、この車を見たとすれば、警戒はするでしょう——

あのとき、松本は口をはさまなかった。

「マツ、おまえのまわりで気になることはないか」

「ないです」松本が笑顔をむける。「自分のことは気にしないでください」

鹿取は肩をすぼめた。

松本も浅井の推論が頭に残っているようだ。それがわかっただけでも安心できる。

「水割りをくれ」

カウンターには何もない。

新橋から初台に移動して山賀と会ったあと、カラオケボックスに戻った。ソファでひと眠り、めざめの一服のさなかに松本があらわれたのだった。

煙草を消し、ソファに移る。

松本がボトルとアイスペール、グラスを運んできた。座り、水割りをつくる。

「晩飯はどうしますか」

「どうしたい」

「今夜は、ひさしぶりにはめをはずせます」

「いつもはずれているじゃないか」

「そうですが……きょうは心置きなく。女房が実家に帰りました。この連休を利用して、大阪に住む弟夫婦が来るみたいです」

「残念だな。もうすぐ浅井が来る。おまえの相手をするひまはない」

「ご心配なく。週末の夜は無限です」

「そうですか」

鹿取はソファにもたれ、グラスを傾けた。

松本が水割りをあおるように飲み、腰をあげる。

「酒の肴を用意します」

松本が歩きだしたとたんにチャイムが鳴った。

鹿取がリモコンを手にするより早く、松本がドアを開ける。

浅井が入ってきた。ソファに腰をおろし、革製のショルダーバッグを脇に置く。

目が腫れぼったい。充血もしている。

寝不足か、映像の見過ぎか。

鹿取は、マッカラン18のボトルを持ち、水割りをつくってやった。

美味そうに咽を鳴らしたあと、浅井が目をむける。

「腹が空きました。鹿取さんは」

「つき合う」カウンターに目をやる。

「つまみは簡単でいいぞ。出前をとる」

「承知しました」

話している間に、浅井が中華料理店のメニューを手にした。

「一々見なくても、決まっているのだろう」

「ルーティンのようなものです」

浅井が固定電話の受話器を手にした。

注文を済ませて受話器を置いたときは真顔になっていた。

「つながりました。吉田を襲った車と、死体遺棄現場近くのNシステムに映っていた偽造ナンバーの車は同一車種……梅丘のコンビニの防犯カメラの映像は鮮明で、三菱《みつびし》パジェロと特定しました」

「ナンバーは」

「Nシステムのものと合致しません。別の偽造プレートだと思われます」

「盗難車か」

「この五年間で、首都圏でおなじ車種の盗難届が六件でています。そのうちボディカラーが黒なのは一台……しかし、それだけで断定はできません」

鹿取は頷いた。

偽造ナンバーを用意できるのだから、色の塗替えなど朝飯前だろう。

松本がトレイを運んできた。角皿には短冊切りと蛇腹《じゃばら》切りのキュウリ。塩、酢味噌、もろみが載った皿が添えてある。

出前の品を聞いて、さっぱりしたものを考えたか。

松本がカウンターのスツールに腰をおろした。

浅井が蛇腹切りのキュウリに酢味噌をつけ、口に運ぶ。小気味良い音を立てる。水割りを飲んでから視線を戻した。

「乗っていたのは運転席のひとりだけです。キャップを被り、サングラスにマスクを付けているため、性別も不明……現在、専門家が解析中です」

「行方も不明か」

「残念ながら」

「代々木署の捜査本部《チョウバ》に連絡したか」

「いいえ。鹿取さんの判断を優先しました」

「不明ばかりでは判断のしようがない。まあ、いい。俺が報告しておく」

「お願いします」

言って、浅井がショルダーバッグから紙をとりだした。

A4用紙が四、五枚かさなっている。

「楊習平と、新都設計事務所の福山もつながりました」

「……………」

鹿取はソファにもたれ、煙草を喫いつけた。

これからは聞き役に徹する。

「南青山三丁目に、愛華がコンサル契約を結んでいる中華料理店があります。経営者の名前は張栄朱《チョウエイシュ》。三年前まで、中国大使館で料理長をしていました。開業のさい、愛華の保証で中国系ファイナンスから五千万円の融資を受けています」

浅井が一枚の紙をよこした。

創作広東料理『夢創《むそう》』。店の業績と張栄朱の個人情報が記してある。

「愛華に入社して以降、楊習平は昼間に四回、夢創を訪ねています。うち二回、同時刻に店内で楊と福山が会った可能性があります」

「別々に入ったということか」

「そうです。夢創の近くの防犯カメラの映像で確認しました。二回とも福山がすこし先に入り、出るのも福山のほうが先でした」

「連れは」

「楊は四回ともひとり……福山はいずれも成田が一緒でした。過去三か月分の映像を見るかぎり、福山は夢創の常連客のようで、楊が愛華に入社する以前から、昼夜を問わず、夢創に出入りしていました」

「店内での目撃情報はないのか」

「部下が情報を集めています」

鹿取は首をまわした。煙草をふかし、口をひらく。

「公安部は、張栄朱も監視対象リストに載せていたのか」

「はい。しかし、通常任務の範囲内で、監視はしていませんでした。楊習平が夢創に足を運ぶようになったあとも同様です」

鹿取は頷いた。

むりもない。官邸に指示を受けて特捜班を編成したのであれば、極秘事案として少人数で事にあたっているはずである。

「新都の連中の個人情報は集めたか」

「これに」

浅井が残りの紙を差しだした。

ざっと読んでいる間に出前が届いた。

テーブルいっぱいに料理がならんだ。

「マッ、おまえもここで食え」

「はい」

松本が浅井のとなりに座り、取皿を手にする。

浅井は早くも箸を持っている。

鹿取は苦笑を洩らした。

酢豚とエビチリ、麻婆《マーボー》豆腐と小籠包《ショーロンポー》。浅井はいつもおなじ品を注文する。

「おまえ、よく飽きないな」

「ここで中華を食べるのは一、二か月に一回です」何食わぬ顔で言う。「きょうは青椒肉絲《チンジャオロース》と春巻を加えてみました」

「あ、そう」

そっけなく返し、鹿取はザーサイをつまんだ。

浅井と松本が黙々と食べだした。

見ているだけで満腹になる。

すべての皿が空になりかけたところで、浅井が松本に声をかけた。

「ご飯はありますか。炒飯を頼むのを忘れました」

「茶漬け用に冷凍したおむすびが……チンしますか」

「お願いします」

松本が茶碗《ちゃわん》を運んできた。

浅井がうれしそうな顔をし、その上から椎茸《しいたけ》スープをかける。

「美味そうですね」言って、松本が真似る。「鹿取さんは」

「ご飯は半分でいい」

鹿取は煙草を消し、レンゲを持った。

今夜一番のご馳走《ちそう》のような気がする。

食べおえ、浅井と松本が片付けを始めた。

水割りと煙草で寛いでいる内に浅井がキッチンから戻ってきた。

食べる前の顔になっている。

「これも防犯カメラの映像で判明したことですが、新都設計事務所の成田が愛華を訪ねていた可能性がでてきました」

「曖昧な言い方だな」

「説明する前に、これを見てください」

浅井が二枚の写真をテーブルにならべた。

「愛華が入っているオフィスビルのエントランスとエレベーターの防犯カメラが捉えたものです。映っているのが成田……日付は五月の十三日と二十七日。曖昧な言い方になったのは、どちらも三階で降りているからです。下りのエレベーターも三階から乗った成田しか捉えていません。愛華のオフィスは四階にあります」

「福山は映っていないのか」

「はい」

「五月十五日の前は」

「地下駐車場の防犯カメラも解析しましたが、二人とも映っていません」

「三階にはどんな会社がある」

「五社が入っています。ビル管理会社によれば、制作プロダクションのオフィスが約四百平米、ほかの四社は五十平米ほどのこぢんまりとしたオフィスだそうです。現在、各社のデータを集め、精査中です」

鹿取は視線をそらし、水割りを飲んだ。

ほしいのは事実。そこから派生する推論には興味がない。

松本がスイカを運んできた。

果実は真っ赤に熟れている。熊本産か。浅井が来る前に、松本が黒色の小玉スイカを冷蔵庫に入れるのを見た。

塩をふり、ひと切れ食べて、浅井に目をむけた。

「新都のオフィスから押収したデータでわかったことはあるか」

「もうしばらくお待ちを。消去されたデータの復元作業を急いでいます」

浅井が早口で言った。

手にしているスイカを食べたいのだ。

あっという間に三切れを食べ、浅井がティッシュで口元を拭った。

「最後に、赤レンガ飲食店協会理事長、植松善郎に関する情報です」浅井が別の紙を手にした。「かなり、胡散臭《うさんくさ》いです」

「前置きはいい」

浅井が目元を弛めた。

怒鳴ろうとも、浅井は臆《おく》さない。ちかごろは、柳に風である。

「植松は二代目で、若いころからはでに遊んでいたようです。女には目がなく、SNSを利用して、若い女を漁《あさ》っていると……十代にしか見えない娘と手をつないで歩いているのを見たという複数の証言があります」

「出会い系サイトか……一時期、俺も世話になった」

「………」

浅井があんぐりとした。

カウンターで松本が笑いを殺している。

鹿取は紫煙を吐いた。

「続きを言え」

「はい。植松は資産をかなり減らしたようです。周辺の者によれば、株に手をだしていたらしく、大損したはずだという証言も得ました」

「いつごろのことだ」

「リーマンショックのころです。こちらも資産状況を精査中です」

鹿取は煙草を消し、カウンターに目をやった。

「マツ、つき合ってやる」

「ありがとうございます」

大声を発し、跳びはねるように立ちあがった。

浅井がそそくさと資料を片付けだした。


ＳＬ広場のかたわらの路上に立ち、松本の車を見送りながら背筋を伸ばした。

身体が酒樽《さかだる》になっている。頭は鉛のキャップを被っているようだ。熱い湯船に浸かって汗をかいてもすっきりしなかった。

道路を渡り、雑居ビルの階段をあがる。足がもつれ、転げ落ちそうになった。

喫茶店の窓際の席に吉田が座っていた。左腕は三角巾に隠れたままだ。

吉田が鼻をゆがめた。

「また飲み過ぎですか」

「ほかにやることがない」

ぞんざいに返した。

ウェートレスにアイスミルクを注文し、煙草を喫いつける。きょうの一本目だ。めざめてから松本とカラオケボックスをでるまでは煙草に手を付けなかった。不味くはない。というか、舌も咽もアルコールに麻痺している。

「そんな体調なのに出てきて……急用ですか」

「まあな」

きょうは浅井からの電話で目が覚めた。電話にでたのは松本である。松本がカラオケボックスのソファで寝ていなければ、電話の音に気づかなかった。

——とんかつ屋の女房のケータイの通話記録に新都設計事務所の成田の名前がありました。吉田がとんかつ屋を訪ねた時刻、女房は成田に電話を……通話時間と、吉田の話から推察して、ＳＭＳを送ったと思われます——

浅井は、負傷した吉田から話を聞いてとんかつ屋夫妻と蕎麦屋の植松が気になり、三人の携帯電話の発着信履歴を入手したという。

その報告を受けて、吉田に連絡したのだった。

「南はどうした。一緒じゃなかったのか」

「昼食を摂ったあと別れました。浅井管理官に呼ばれ、桜田門に戻りました」

何かあったのか。

訊くのは止めた。あったとしても、南が公安事案を吉田に話すはずもない。

煙草をふかし、話しかける。

「午前中はどこで何をしていた」

「この周辺で聞き込みを……きのう六人、きょうの午前中も六人。鹿取さんから渡されたリストの半分の人たちから話を聞きました」

「収穫はあったか」

「皆、交渉の内容については話したがりません。話を聞いた十二人のうち、立退きの件で被害者と話をしたのは三人でした。それも、再開発事業に協力してくれるよう頼まれただけで、いわゆる交渉ではなかったそうです」

「交渉の相手は新都設計事務所の連中か」

「所長の福山ひとりです」

「…………」

眉根が寄った。

新都設計事務所の福山とのやりとりを思いだした。

——被害者は、御社の成田という方とも連絡をとっていたようだが——

——あいにく、成田はでかけています——

——成田さんも新橋の仕事をしているのですか——

——わたし以下、全員であたっている——

——全員が被害者と接触していたのですか——

――いいえ。わたしと成田の二人です――

ウェートレスがグラスを運んできた。

鹿取は煙草を消し、アイスミルクを飲んだ。おくびがでそうになる。

吉田が言葉をたした。

「鹿取さんと回ったときも福山と小林の名前しか聞かなかったと記憶しています」

鹿取は頷いた。

「とんかつ屋の相手もその二人か」

「それが……」吉田が眉尻をさげる。「時間切れで、訊きそびれました」

「時間切れとはどういうことだ」

「十年前の話は憶えていますか」

「二丁目の改築の件だな」

「あの話を聞いている内に開店の時間が近づいて……奥さんに止められました」

「どんな話をしていた」

「とんかつ屋の主人は、いまも二丁目に土地を持っていて、他人に貸していると……借主は居酒屋をやっていると聞いたところで、奥さんに声をかけられました」

「………」

鹿取は窓のそとに顔をむけた。

　ＳＬ広場の風景は目に入らなかった。身体から切り離されたかのように、頭だけが冴えてきた。疑念と推測が交錯している。

「鹿取さん、とんかつ屋がどうかしたのですか」

　鹿取は視線を戻した。

「どうもせん。おまえは残る十二人から話を聞け」

「鹿取さんは」

「やることがある。新橋にいるから、何かあれば連絡しろ」

　ミルクを飲み、あたらしい煙草をくわえた。

　吉田がじっと見ている。

　訝しそうなまなざしは無視した。


　とんかつ屋のドアには〈準備中〉の木札が掛かっていた。

　まもなく午後三時になる。ランチタイムがおわり、休憩時間に入ったか。

　かまわず把手《とって》を引いた。

「夜の営業は午後五時半からです」

　小太りの女が言った。

　白い割烹着を着て、レジスターの前に立っている。カウンターのむこう、厨房には二人の男がいて、水仕事をしていた。

鹿取は警察手帳をかざした。

「女将さんですか」

「そうよ。あなたは」

「警視庁の者です。お話を伺いたくて来ました」

「殺された菅原さんの件なら、おといも女の刑事さんが来たわよ」

「吉田ですね。必要なら何度も足を運ぶのが刑事の仕事です」

言って、手前の四人掛けの席に腰をおろした。

「何ですか、いったい」

女が不機嫌そうに言い、厨房のほうに目をやった。

すかさず、鹿取は女房に声をかける。

「きょうは奥さんから話を聞きたくて来ました」

「はあ」女房が頓狂な声を発した。「どういうこと」

「まずは座ってください」

女房が近づき、鹿取の前に座る。

「同僚の吉田から、報告は受けています。営業時間になったので途中で質問を打ち切ったと……きょうはその続きです」

「用事があるから、手短にね」

頷き、口をひらく。

「このビルの入居者は立退きの交渉をしているそうですね」

「ええ」

「交渉の相手は、どこの誰ですか」

「どうしてそんなことを……あなたは殺人事件の捜査をしているのでしょう」

「被害者は再開発事業にかかわっていた。質問に答えてください」

「新都設計事務所の福山所長よ」

「ほかには」

「部下の小林さんも……でも、交渉するのは所長ひとり」

「それはないだろう」口調を変え、顔を寄せる。「正直に話してくれないか」

「何よ」

女房が声を張り、眦をつりあげる。

どういうことはない。相手を怒らせるのは毎度のことだ。

「新都設計事務所の企画部長の成田とも接触しているようだが」

「……………」

女房が顔をしかめた。

鹿取は畳みかける。

「吉田がここにいるとき、あなたは成田にショートメールを送った。そのことは、あなたのケータイの通話記録で確認してある」

「勝手に……警察がそんなことをして許されるの」

「捜査に必要なら何でもやる。文句があれば署で聞く。同行するか」

女房がぽかんとし、目をしばたたく。

「ショートメールの文言は」

「頼まれたのよ」小声になった。「刑事さんが来たら連絡してほしいと」

「どうして」

「知らないわよ」

「成田とも交渉しているのは認めるか」

女房がちいさく頷いた。

顎を引いただけのようにも見えた。

「どうして、成田のことを隠そうとした」

「そんなつもりは……立退きの交渉相手は福山所長……それは事実よ」

途切れ途切れに答えた。

「では、成田とは何の話をしている」

「刑事さん」

厨房から声がし、年配の男が出てきた。

「何ですか。女房をまるで犯人扱いのように……警察に抗議します」

「手間が省けて助かる。支度をしろ。いまから行こう」

「…………」

男が目の玉をひん剝いた。

女房は両手を口元にあてた。

店を出て、ＳＬ広場にむかって歩く。携帯電話を持ち、耳にあてた。
《はい。浅井です》
控えめな声がした。
「話せるか」
《特捜班の会議中です。が、お気遣いなく》
「新都の成田の監視を頼めるか」
《常時ですか》
「ああ」
答え、とんかつ屋の夫婦とのやりとりを教えた。

威してても夫婦は成田と接触している理由を話さなかった。吉田によれば、おなじビルの三階のアダルトショップの経営者も交渉相手は福山と証言したという。
《わかりました。特捜班は手一杯なので、自分の部下を動かします》
「頼む」
《新都設計事務所から押収したパソコンのデータの一部が復元できました。成田のパソコンのアドレスの一部が消されていました。とんかつ屋をふくめた七名……いずれも新橋で商売しています。その件で気になることがあります》
「なんだ」
《とんかつ屋を除く六人は新橋二丁目の飲食街で商売しています。しかも、おなじ路地……全員が土地を所有している》
思わず足が止まった。
――鹿取さんの指示どおり……飲食店協会に加盟し、再開発予定地で営業している六人から話を聞く予定でした。とんかつ屋の経営者はそのひとりで、立退き交渉の進捗具合を聞くつもりだったのですが、二丁目から三丁目に移転した理由を聞いて神経がそっちに向いてしまったのです――
吉田のひらめきが気になっていた。
が、推測するのはまだ早い。確認することが幾つもある。

「全員のリストをカラオケボックスにファクスで送ってくれ」
《承知しました。会議がおわり次第、鹿取さんのケータイを鳴らします。赤レンガ通りのヘミングウェイで待ち合わせましょう》
「どうするか、おまえの返答次第よ」
《えっ》
「南青山の夢創の店内で、福山と成田は楊習平に接触していたのか」
《未確認です。いまも夢創の周辺で聞き込みを行なっていますが、こちらの動きを悟られないよう店の関係者との接触は控えています》
そういうことだろうとは思っていた。
「俺が行く」
《そうしていただければ、助かります》
「勘違いするな。殺人事案の捜査だ。成田が気になる」
《わかりました。が、くれぐれも無茶はしないでください。楊は鹿取さんを警戒しているはずです。吉田の件も、鹿取さんへの警告だったかもしれません》
「知ったことか。藪《やぶ》を突《つつ》きたくなるのは俺の性分よ」
《では、警護を付けます。夢創に行く前に連絡を》
「動きを悟られたくないんだろう」

《それとこれとは……》

浅井が言いおえる前に通話を切った。

路上に人の姿はすくなくなっていた。シャッターを降ろした店もある。

午後九時半になるところだ。松本に予約をとってもらい、八時に店を訪ねた。創作広東料理『夢創』の営業は午後十時まで。しばらく車で待機し、閉店後に店の従業員から話を聞くつもりで店に入ったのだった。ウェートレスの顔は覚えた。

松本が腹を擦《さす》った。

「二日続きの中華は腹に堪《こた》えます」

「何をぬかす。酒を飲めないからと、食い散らかしていたじゃないか」

「客だと思わせるためです」

「その達者な口で真規子を口説いたのか」

「なんてことを……あれは、その、何というか……」

女房の話になると舌が回らなくなる。

右のほうへ歩いた。

三十メートルほど先のコインパーキングに車を駐《と》めてある。

「夢創の近くで待機する」

「誰を攫《さら》うのですか」

「ばかのひとつ覚えはやめろ。店員から話を聞く」

松本が肩をすぼめ、ジャケットのポケットからリモコンキーを取りだした。

「あっ」

声を発し、松本が自分の車に駆け寄る。

鹿取は顔をゆがめた。

Cadillac Escalade の車体が左に傾いている。

「くそっ」

松本が腰をかがめる。

「前も後ろも……タイヤが切り裂かれています」

鹿取も立て膝をついた。

ひどい疵だ。サバイバルナイフで抉《えぐ》ったか。

「どこのどいつが」

うめくように言い、松本が顔をむけた。

鬼の形相になっている。

悪戯《いたずら》と思っていないのはあきらかだ。

鹿取は立ちあがり、携帯電話を手にした。

発信する前にふるえだした。〈非通知〉になっている。迷うことはない。周囲に目を配ったあと、〈録音〉を押した。

「鹿取だ」

《事件から手を引け。言うとおりにしなければ、つぎは元ヤクザの身体に刃物が刺さる。やつの身内ということもあるぜ》

「刑事を威してどうする」

《あんたが刑事……笑わせるな》

「てめえは誰だ」

《赤の他人よ。いいか、忠告は一回。忘れるな》

通話が切れた。

夜空を仰いで息を吐き、携帯電話にふれる。

《浅井です。連絡がないのでやきもきしていました》

「すぐに来い。夢創にむかって左側にあるコインパーキングにいる」

《何があったのですか》

「マツの車がやられた」

状況を簡潔に話した。

《近くに防犯カメラはありますか》

「パーキングの入口にある」周囲を見た。「斜め向かいにコンビニ」

《わかりました。ただちに出動します》

「俺らは現場を離れる。あとで赤坂に来い」

返事を聞かずに携帯電話を畳み、松本に声をかける。

「マツ、引きあげるぞ」

「車は」

「浅井に預ける。見られてまずいものでもあるのか」

松本が首をふる。

「救急箱はどうしましょう」

負傷したさいに応急処置する医療用器具や薬品が入っている。松本は静脈注射も打てるし、傷の縫合もできる。鹿取は何度も世話になっている。

「要らん」

投げやりに返し、歩きだした。

松本が肩をならべる。

「電話をよこした野郎の仕業ですか」

「閑人《ひまじん》がいるもんだ」

「何を言われたのですか」

「手を引けと……寝言よ」

身内のことは言えない。言えば、松本は閻魔《えんま》になる。

松本が目をまるくした。

よろこんでいるようにも見える。


二時間後、浅井がカラオケボックスを訪ねてきた。

カウンターの中にいる松本に声をかける。

「松本さん、災難でしたね」

「前回よりはずっとましです」

「あれはひどかった。保険も効かなかったのでしょう」

三か月前の事件では、犯人の車を停めるために松本が車をぶつけた。

鹿取は、あきれ顔で二人のやりとりを聞いていた。

どっちも胆《たん》が据わっている。

上着を脱ぎ、浅井がソファに腰をおろした。

松本がグラスを運んできて、浅井のとなりに座った。

浅井がショルダーバッグを開け、タブレットをテーブルに置く。

「こいつらの仕業です」

黒っぽい服を着た二人が松本の車の前にいる。ひとりは右手にナイフを持って腰をかがめ、もうひとりは車に背を向けている。どちらも目出し帽を被っている。

画像が動きだした。

コインパーキングに設置された防犯カメラの映像をダビングしたようだ。

鹿取はじっと見つめた。

「手早いな」

「はい」浅井が言う。「カメラに映って消えるまで、わずか三十五秒……コンビニの防犯カメラは、こいつらと思しき二人が走り去るのを捉えていました」

鹿取はソファにもたれ、煙草をくわえた。

浅井が水割りをあおるように飲み、口をひらく。

「犯行時刻は午後九時十三分……鹿取さんは何をしていましたか」

「杏仁《あんにん》豆腐を食っていた」

デザートを食べおわるとすぐにレジカウンターへむかった。

「店の中で気になる様子はなかったのですか」

「ない」

「夢創の誰かが連絡したのか、鹿取さんが監視されているのか」

「マツの車が見張られていたとも考えられる」

「お言葉ですが」松本が口をはさむ。「運転中は後方に目を配っていました」

「GPSよ」

松本がぽかんとした。

浅井が話しかける。

「現場での遺留品を採取するため、赤坂署に協力を要請しました」

「人手は割くな。雑魚どもの相手をしているひまはない」

「しかし、吉田の件もあります」

「さっきの件ではっきりした。どっちもただの威し……捜査の攪乱《かくらん》かもしれん」視線をずらした。「マツ、夜食を頼む」

「簡単なものなら、雑炊か、うどんか」

「きつねうどん」

「自分は玉子入りでお願いします」

浅井のひと言に笑みを返し、松本が席を離れた。

鹿取は、水割りを飲んでから、携帯電話を浅井に差しだした。

「録音した」小声で言う。「耳にあてて聞け」

浅井が言われたとおりにする。繰り返し聞いたようだ。携帯電話を返し、ちらりと松本のほうを見る。目つきが鋭くなっている。

「これを聞かれないように松本さんを遠ざけたのですね」

「やつが聞けば、昔に戻る。怒り狂ったマツは誰にも止められん」

「………」

浅井が眉尻をさげた。思い直したように口をひらく。

「どうやって鹿取さんのケータイの番号を……未登録ですよね」

鹿取は頷いた。

旧式のガラケーを使っている。ＧＰＳ端末は付いていない。闇の流通品で、十年ほど前に購入した。官給の携帯電話も持っているが、めったに使わない。

「吉田のスマホに俺のケータイの番号が登録してある」

カラオケボックスに戻る途中で電話をかけ、吉田に確認した。

「犯人は、吉田の通話記録を入手したのでしょうか」

「造作もないさ」

さらりと返し、グラスを持った。ひと口飲んで話しかける。

「成田はどこにいる」

「自宅……佃島《つくだじま》の高層マンションにいると思われます。ただし、成田のケータイの位置情報によるもので、部下は視認していません」

鹿取は首をひねった。

あれこれ推測するのは時間のむだ、頭の浪費だ。

話を先に進める。

「新橋方面で、あたらしい情報はあるか」

「はい」

浅井がショルダーバッグから紙を取りだした。

「蕎麦屋の主人、植松のケータイの通話記録です」

鹿取は紙を手にした。

赤色と緑色の線が引いてある。

浅井が言葉をたした。

「赤は、新都設計事務所の成田のケータイです。五月十六日、成田のほうからかけたのが始まりです。以降、週に一、二回……先月末まで連絡を取り合っており、今月に入ってからは一度も電話で話していません」

「五月十六日は、成田が愛華のあるビルを訪ねた翌日だな」

「そうです。同日、成田は、とんかつ屋の主人にも電話をかけています」

「…………」

首をかしげた。

ひろがる疑念に蓋をし、口をひらく。

「殺された被害者は、どうだ」

「それ以前から電話のやりとりがあります。が、二回だけで、五月十七日以降は、毎週のように成田のほうから電話をかけていました」

「被害者のほうからかけていないのだな」

「はい。その点が、蕎麦屋やとんかつ屋と異なります」

鹿取は口をすぼめて息を吐いた。

「緑色は誰だ」

「新都設計事務所の木暮です」

「なるほどな」

浅井が顔を近づける。

「なるほどとは、どういう意味です」

「新都の連中の動きが見えてきた。福山は、全員で土地売買の交渉にあたっていると言ったが、そうじゃない。再開発予定地の地主や経営者と交渉しているのは福山と小林……新都との交渉に応じている誰ひとりとして、成田と木暮の名前を口にしなかった」

「………」

浅井が眉を曇らせた。

思案する顔にも見える。

「唯一、きょうの昼間に会ったとんかつ屋の女房が成田との接触を認めたが、その理由は言わなかった。成田の話をすると表情がこわばり、口が重くなった」

「その理由に心あたりは」

「ない。が、新橋の地図は見える」

言って、浅井がファクスでよこした資料を通話履歴の紙とならべた。

浅井がおおきく頷く。

「成田のパソコンから復元した七人の電話番号はケータイの履歴にもあります」

「成田と木暮は新橋二丁目……それも、殺された被害者や植松の店がある路地の地主や経営者を相手にしていた」

「土地の買収でしょうか」

「ほかは考えられん。成田も地上げ屋の系譜にいる」

「再開発事業のおかげで、周辺の土地は高騰しているそうです。土地を転がす目的で、買い占めようとしているのですね」

「そんなことはほかの不動産業者も考える。すでに手を付けている連中もいるさ」

「新橋三丁目の再開発事業と連動しているのでしょうか」

「俺に訊くな」

つっけんどんに返した。

松本がトレイを運んできた。

鰹節の香りがひろがる。薄揚げを煮付けた匂いもする。

腹が鳴る。中華料理は松本にまかせきりだった。箸を持ち、薄揚げをつまんだ。

「美味いキツネだな。三好直伝か」

「逆です」松本が目を輝かせた。「事務所で親分の夜食につくったら褒めていただき、調理法をお教えしました」

三好はキッチンカーでうどんを売っているという。

浅井は脇目もふらず食べている。汁を飲み干し、息をつく。額に汗が光った。

「ごちそうさまでした」

水割りを水のように飲んでから、鹿取に目をむけた。

「もうひとつ、報告が残っています」

ショルダーバッグに手を入れる。

「コンサル会社の愛華が入っているビルの三階のオフィスです」

紙を受け取り、煙草をふかしながら資料を読んだ。

松本がテーブルを片付け、カウンターへむかった。

浅井が続ける。

「制作会社は三十五年前に創業、テレビ業界で実績を挙げています。税理士事務所も二十八年と長く、個人事業主を顧客に持ち、業績はまずまずでした。残る三社はいずれも設立から五年未満で、業績、実績ともはっきりしません」

資料には、〈ネットガレージ〉〈南青ファイナンス〉〈シャインブリッジ〉とある。

「ネットガレージはネット上でフリーマーケット事業、南青ファイナンスは個人事業主向けの融資、シャインブリッジはアジア諸国との民間交流を行なうＮＰＯ法人です」

「成田がどのオフィスを訪ねたか、わからないままか」

「ええ。各階の通路に防犯カメラはなく、聞き込みをする以外に手はないかと」

「それもためらっているのだな」

「申し訳ない。四階の愛華は特捜班の監視対象です」

鹿取は煙草で間を空けた。

「楊習平と、新都の福山、成田が同時刻に夢創に行ったのはいつだ」

浅井が手帳を見る。

「五月の十日と二十四日……時刻はどちらも午後一時でした」

「成田が初めて愛華のビルを訪ねたのは」

「五月十三日」浅井が目をまるくした。「二度目は五月二十七日……どちらも三日後、日にちが近いですね」

「楊と新都の二人、夢創以外での接触はないんだな」

「現在まで、ほかは確認できていません」

鹿取は息を吐き、ソファにもたれた。ゆっくり首をまわす。

浅井が眉間に皺を刻んでいる。ややあって、口をひらいた。

「夢創の関係者か、三階のオフィスをあたるしかなさそうですね」

声にはためらいの気配がまじった。

鹿取は、凄むように浅井を見つめた。

「腹を括《くく》ったらどうだ。俺が単独で動いても結果はおなじ……楊と新都の二人がつるんでいれば、俺とおまえの仲もお見通しよ」

浅井が何度も頷く。

自分を説得しているようにも見えた。

「わかりました。特捜班は上官の許可がおりそうにないので、部下を動かします」

「週明けからでいい。それとは別に、愛華のビルの三社と、中陽商事、愛華、新都設計事務所との接点の有無を確認しろ」

「承知しました」

答え、浅井が手帳にボールペンを走らせる。

鹿取は視線をずらした。

「マツ、あしたは女房の実家でのんびりしろ」

「それはないでしょう。捜査が大詰めを迎えそうなのに」

「おまえには関係ない。車がないんだ。たまには俺の言うことを聞け」

松本の車は週明けに戻ってくるという。

「………」

松本がくちびるを曲げる。

鹿取は煙草を消した。

「土曜もやっている店はあるか」

「もちろん」松本が声をはずませる。「女もいます。夜明けまでやっています」

「あ、そう」

視線を戻した。

「あした、南を貸してくれ」

「どちらへ」

「新橋二丁目の地主ら……成田が接触していると思われる連中から話を聞く」

「日曜なので、自宅訪問ですね」

「ああ」

「車を用意します」

話しながら、浅井が手を動かしている。

「おまえ、ろくに寝ていないのだろう」

「どんなに疲れていても、赤坂に来れば目が冴えるのです」

「……………」

ああ言えばこう言う。どうしようもない連中だ。

昔は二人ともそうではなかった。

そう思えば怒鳴るわけにもいかない。自業自得のようなものである。


都営地下鉄新宿線菊川駅を出て、路肩に停まるセダンの助手席に乗った。

「おはようございます」

運転席の南が元気な声を発した。

満面に笑みをうかべている。

「ご機嫌だな。夢にいい女があらわれたか」

「またしても鹿取さんと組めて、光栄です」

「ばかじゃないのか。つぎは心臓を撃ち抜かれるぞ」

三か月前の事件で、南は殺人犯に左腕を撃たれた。

「あのあと、射撃の訓練に励みました。その甲斐《かい》あって、太股《ふともも》を狙った弾が腹部にあたるようになりました」

「それくらいにしておけ。腕をあげて竿《さお》を飛ばせば面倒になる」

「………」

あんぐりとしたあと、南が声を立てて笑った。

鹿取はシートベルトを締めた。

「行先はわかっているな」

「はい。この新大橋通りを直進、三つ目の路地を左折した住宅街の中です」

言いながら、車を発進させる。

「吉田さんは別行動ですか」

「家じゃないか」

「肩の具合が悪いのですか」

「さあ。新橋の飲食店の大半が休業しているから休ませた」

吉田は抵抗したが、捜査本部にも顔をださなくていいと説得した。

住宅街の路地角を右折したところで車を停め、南が左を指さした。

「その二階建ての家です。自分はどうしますか」

「ついて来ても、ここで待機しても構わん」

「では、勉強させていただきます」

声をはずませ、そとに出た。

門の表札を確認し、インターフォンを押した。

《はーい。どちらさまですか》

「警視庁の者です。飯塚茂《いいづかしげる》さんはおられますか」

《お待ちください》

十秒と経たないうちに玄関のドアが開き、小太りの女があらわれた。

玄関脇の応接室に案内された。

八畳ほどか。ブラウンとベージュのストライプ柄のコーナーソファ、ワインレッドのサイドボード、九十インチのテレビがある。サイドボードの中のグラスは輝いていた。

ほどなく細身の男が入ってきた。

紺色の半袖ポロシャツにカーキ色のコットンパンツ。頭髪は白いものがめだつ。データには五十九歳とあるが、六十代半ばに見える。

「ご苦労さまです」

穏やかな口調で言い、ソファに腰をおろした。

「ご用は、菅原さんが殺された件でしょうか」

「ええ」警察手帳をかざした。「自分は捜査一課の鹿取、連れは同僚の南です」

「申し遅れました。飯塚です」

「あなたは都庁にお勤めですよね。被害者と面識があったのですか」

「はい。仕事の都合があるので毎回というわけではないけれど、ビルの所有者として、赤レンガ飲食店協会の会合には出席していました。おなじ路地の地主どうしということもあって、その折は、菅原さんとはよく話をしました」

「そうでしたか」

女がお茶を運んできた。

礼を言い、鹿取は視線を戻した。

「ところで、新都設計事務所の成田さんをご存知ですか」

「ええ。何度も会っています」

飯塚があっさり答えた。

「以前からの知り合いなのですか」

「いいえ。三か月ほど前に電話をいただいて……わたしが所有する新橋の土地の件で相談があると言われました」

「売買ですか」

「そうです。じつは、あの土地のことで頭を悩ませていたのです」

飯塚が苦笑をうかべ、湯呑《ゆの》み茶碗を手にした。

鹿取は無言でそれを見ていた。

質問する必要はなさそうだ。飯塚のもの言いも表情もさばさばしている。

お茶を飲んでから、飯塚が視線を合わせた。

「昭和三十三年、父はあの土地を購入し、食堂を始めました。商売は順調で、オリンピック景気にも後押しされ、昭和四十年に四階建てのビルに建て替えたそうです。父は一階で商売を続けていたのですが、二十年前に肝臓を患って廃業……父は五年前に亡くなり、一人息子のわたしが土地と建物を相続した次第です」

鹿取は頷いた。

入手した個人情報と合致する。飯塚の母親は七年前に他界している。

「二十年前、店を継ごうとは思わなかったのですか」

「もう長いこと都庁に勤めていましたからね。それに、商売は嫌いでした。父も母も、朝早くから夜遅くまで店にいて……子供のころ、わたしはさみしい思いをさせられた。自分が家庭を持ったら、女房や子におなじ思いをさせないと……そんなところです」

鹿取はお茶で間を空けた。

「どうして、頭を悩ませていたのですか」

「ビルの老朽化ですよ。わたしの代になってからも二度、補修工事をしました。それでも借り手がなく、三階は一年半、四階は二年以上も空き室です」

「固定資産税もばかになりませんね」

「ええ。実入りがなくても、いずれ息子や娘は相続税を払わされる……女房と相談している折に、新都設計事務所から電話がかかってきたのです」

「売却するのですか」

「その方向で話を進めています。とはいっても、一階と二階のお店との賃貸契約の期限が一年以上残っているので、とんとん拍子というわけにはいきません」

一階は居酒屋、二階は性感マッサージ店が営業している。

「店子《たなこ》との交渉が難航しているのですか」

「交渉は成田さんに一任しているのでくわしい内容は……」声を切り、飯塚が首をかしげた。「どうして、わたしのビルのことを……事件と関係があるのですか」

「被害者は成田さんとつき合いがあった。新都設計事務所は新橋三丁目の再開発事業にかかわっており、被害者は新橋商店連合会の事務長として新都に協力していた。そのことは知っていましたか」

「はい。三丁目の話でも二丁目と無関係というわけではありませんからね。三丁目の再開発のおかげで二丁目の地価も上昇している。お恥ずかしいことながら、そのこともあって女房と相談していたのです」

飯塚が目元を弛めた。

鹿取も笑みを返した。

「誰でもそうします。で、いまの話を聞いて思ったのですが、成田さんは、三丁目の再開発に乗じて、あなたの土地の周辺にも触手を伸ばしているのですか」

「そのことはわたしも気になり、訊ねました。しかし、成田さんは、個人情報にかかわることだからと言葉を濁されて……わたしは三丁目で商売されている方々とのつき合いはなく、他人様のことは気にならないので、そのままになりました」

「土地売買の件で、被害者とも話をしなかったのですか」

「ええ」飯塚が目をしばたたく。「菅原さんも土地を手放す予定だったのですか」

「わかりません」

鹿取は即座に答えた。


門前仲町、東陽町に住む新橋二丁目の地主からも話を聞き、西葛西へむかう。

運転席の南が話しかけた。

「つぎの人、リストに載っていませんね」

「とんかつ屋が所有する土地を借りて、居酒屋を経営している」

「納得です」

南が笑顔を見せた。

二人目との面談をおえ、門前仲町で昼食を摂ったさい、面談予定の残る四人と、居酒屋の経営者に電話をかけた。ひとりはつながらず、二人は外出中との返答で、東陽町にいる地主とだけ会うことができた。

西葛西の住人がもののついでというわけではない。むしろ、もっとも話を聞きたい人物である。相手はあっさり要望に応じ、西葛西の喫茶店を指定したのだった。

東京メトロ東西線西葛西駅の近くにある喫茶店に入った。

日曜の昼下がり、店内は五分の入りで、子連れの女の客がめだった。幼い娘がスプーンをふりかざしながら喚声をあげている。かき氷が飛び散った。

鹿取は眉をひそめた。

あまり見たくない光景である。それに、ドアには禁煙マークのステッカーが貼ってあった。神経がささくれない相手であることを願うしかない。

奥の席に男がひとりでいた。

短髪に四角い顔。眉が太い。空色の半袖オープンシャツを着ている。

「あの人です」

南が耳元でささやいた。

新橋を所管する愛宕署の生活安全課のデータにアクセスし、居酒屋の経営者の顔写真を入手した。公安部は、手続きを踏まなくても他部署のデータを閲覧できる。

近づき、声をかける。

「水沼《みずぬま》さんですか」

「ええ」

「警視庁の鹿取です」

小声で言い、水沼の正面に座した。

南がとなりに座り、ノートとボールペンを手にした。

ウェートレスにコーヒーを注文し、水沼と目を合わせる。

「家は近くですか」

「五、六分。西葛西小学校のそばだよ」

「お寛ぎのところを呼びだして申し訳ない」

「どうってことないさ。休みの日は家でごろごろしているからね」

気さくなもの言いが続いている。

水沼が水を飲んでから言葉をたした。

「訊きたいことって、焼鳥屋のご主人のことかい」

「親しかったのですか」

「それほどじゃないけど、おなじ路地で商売していたからね。小腹が空いたら、店をぬけだし、焼鳥をつまみに行った。たまにご主人が焼いてくれてね」水沼が目を細める。「嚙むと肉汁が口の中にひろがって……惜しい人を亡くしたもんだ」

ウェートレスがコーヒーを運んできた。

ひと口飲んで間を空け、口をひらく。

「ところで、あなたの店は立退きを求められているそうですね」

「へえ。そんなことも調べたのかい」

「あなたの店の家主……とんかつ屋さんから話を聞きました」

「それなら隠す必要もないか」

水沼があっけらかんと言った。

「立退きに応じるのですか」

「仕方ないからね。そりゃ、あそこで十年近く商売して、それなりに儲けているから……いきなり言われたときは頭にきて、へそを曲げたけど」

「通じなかったのですか」

「家主は相手にしてくれなかった。家主の代理人があらわれて……」

「どこの誰です」

「新都設計事務所の成田という人。この人が強《したた》かでね」

「威されたのですか」

水沼が首をふる。

「嫌がらせよ。連日、うっとうしい野郎が五、六人で店に来て、大声で騒ぐ、女の店員をからかう、あげく、料理にもイチャモンをつけられ……往生したよ」

「いつのことです」

「家主から立退きの話を聞いたのが五月の末だった。六月になって代理人は交渉を始めたのだが、平行線を辿《たど》ったままで……一週間も経たないうちに野郎たちが出入りするようになった。知り合いの弁護士に相談したのだが、警察を動かせる状況ではないと……土地も上モノも家主のものだから、裁判にかけても勝ち目は薄いとも言われた」

「立退き料はもらえるのでしょう」

「もちろん。弁護士から相場の二割増しと聞いて、手を打つことにしたのさ」

言って、水沼がグラスを空け、ウェートレスに水のお代わりを頼んだ。

水のほうがいいのか。水沼の前のアイスコーヒーは半分残っている。

「うっとうしい野郎たちの顔を憶えていますか」

「憶えちゃいないが……」

声を切り、水沼がコットンパンツからスマートフォンを取りだした。画面にふれてテーブルに置き、顔をあげた。

「こいつらよ」

長テーブルに男五人に女がひとり。皆が二十代か。

「面倒がおきたら警察に通報しようと思って、盗み撮りしたのさ。四日連続でね」

「失礼」

南が声を発し、スマートフォンの画面にふれる。

鹿取は話を続けた。

「四日間とも、おなじ面子《メンツ》ですか」

「リーダー格の男二人は毎日だったけど、ほかは違ったと思う」

「この写真、転送してもいいですか」

「かまわないけど……」

水沼が語尾を沈めた。

頭で損得を計算し始めたか。

「ご迷惑はかけません。あなたが盗撮したことも他言しません」

「わかりました」

南がデイパックからタブレットを取りだした。

鹿取は椅子にもたれた。

安堵《あんど》の吐息が洩れそうになる。

連休明けの火曜、鹿取は虎ノ門へむかった。

松本が車を路肩に寄せる。

白壁のオフィスビルの前の歩道に吉田が立っていた。

「ここで待っていてくれ」

松本に声をかけ、鹿取は助手席のドアを開けた。

気づいた吉田が小走りに寄ってくる。鹿取がそとに出ると、腰をかがめた。

「松本さん、先日はあぶないところを助けていただき、ありがとうございます」

「とんでもない」松本が笑顔で言う。「肩の具合は、どうですか」

「もう外したいくらいです」

吉田が右手で三角巾にふれた。

「行くぞ」

声を発し、鹿取は歩きだした。

吉田が肩をならべる。

「アポはとったのですか」

「ああ」

そっけなく返し、オフィスビルの正面階段をあがる。

五階にある中陽商事の受付カウンターの前に立ち、警察手帳をかざした。

「警視庁の鹿取です。営業本部長の若生さんにお取次ぎ願います」

「お待ちしておりました」

長い髪の女が答え、固定電話に手を伸ばした。

「受付です。警視庁の鹿取様がお見えになりました……承知しました」

短いやりとりで受話器を戻し、女が立ちあがる。

「ご案内します」

女のあとに続いた。

吉田が顔を近づけた。

「用地企画課の土居さんではないのですか」

「そいつの親分に用がある」

けさ九時過ぎ、中陽商事の若生に電話をかけ、面談を要請した。若生が応諾したのを受けて、吉田の携帯電話を鳴らしたのだった。

七階の応接室に案内された。

中陽商事はビルの五階から七階まで全フロアを借りている。

二十平米ほどの中央に八人が座れる黒革のソファ。長方形のテーブルを囲んでいる。ゆったりとした空間の部屋はレースのカーテン越しに陽光が射していた。

きょうはひさしぶりに晴れ間がひろがっている。

お茶を運んできた女と入れ違いに男が入ってきた。

身長は百七十五センチメートルほどか。面長だが、肩幅も胸の厚みもある。白のワイシヤツにチャコールグレーのスーツ、濃紺のネクタイを結んでいる。

「お待たせしました。若生です」

笑みをうかべた。

物腰はやわらかそうで、切れ長の目には余裕を感じる。

名刺を交換し、鹿取は座り直した。

若生が鹿取の名刺をテーブルの端に置く。

「新橋の菅原さんが殺された件でしょうか」

「そうです。被害者と面識があったのですか」

「いいえ。しかし、部下から報告は受けていました。弊社の事業にご協力を賜っていたようで、面識はなくても他人とは思えず、胸が痛みます」

「新橋三丁目の再開発事業での用地買収は新都設計事務所に委託されているそうですね」

「はい。共同事業主の四菱不動産様もおなじだと思いますが、デベロッパーがすべての業務を行なうことはありません。むしろ、外部委託のほうが多いのが実情です」

「あなたが新橋の事業を統括されていると耳にしました」

「そのとおり、弊社の統括責任者はわたしです」

「新都設計事務所に業務委託したのもあなたですか」

「はい。新都設計事務所は用地買収で実績があり、信頼できます」

「あなたと新都設計事務所のつき合いは長いのですか」

「かつて、わたしが四菱不動産に勤めていたのはご存知ですか」

「ええ」

短く答えた。

相手に手持ちの情報や言質を与えるつもりはさらさらない。

「そのころから、新都設計事務所の福山所長とは懇意にしていました」

「お仕事で」

「私的なつき合いもあります」

「新都設計事務所の企画部長、成田さんとも親しいのですか」

「面識はあります。が、福山氏を介してのことで、個人的なつき合いはありません」

「新橋の用地買収は順調に進んでいますか」

「………」

若生が小首をかしげた。

唐突な質問に面食らったか。目が質問の意図を知りたがっている。

「被害者と、福山さん、成田さんはまめに連絡を取り合っていました」

「用地買収と殺人事件がリンクしているとお考えなのですか」

「答えられません。質問に答えてください。業務を委託していても、経過報告は届くのでしょう。新都設計事務所への家宅捜索もご存知のはずです」

「その報告は受けました。福山氏は憤慨していた。そのことで業務に支障が生じれば、告訴も検討するとおっしゃっていた」

「捜査には関係ないことです」はねつけるように言う。「再度、お訊ねします。用地買収はどの程度進行しているのですか。トラブルの有無はどうですか」

「おおきなトラブルは発生していないとの報告を受けています。進行状況に関しては、今後の業務に影響をおよぼす恐れがあるのでお答えしかねます」

鹿取は、ちらっと横をむいた。

吉田が脇目もふらずボールペンを動かしている。左手をノートに添えているが、いかにも不自由そうに見える。

視線を戻した。

話しかける前に、若生が口をひらいた。

「経過報告は、直《じか》に受けているわけではありません。弊社にはビル開発部用地企画課という部署があり、その部署の者が弊社の窓口になっています」

「先ほど、あなたと福山さんの親密ぶりを聞きましたが」

「公私混同はしません」若生が語気を強めた。「部下の立場もあります」

「用地企画課の何名が新橋にかかわっているのですか」

「専従は、第一グループから第三グループまでの内の六名です」

「幾つのグループがあるのですか」

「第五まで……新橋の事業だけを行なっているわけではありません」

「失礼しました」ひとつ息をつく。「ところで、新橋の用地買収は再開発予定地の新橋三丁目だけなのですか」

「………」

また若生の顔が傾いた。

にわかに目つきが鋭くなる。

意に介さない。若生の目を睨み返した。

「答えてくれませんか」

「意味がわからないので、答えようがない」

もの言いが変わった。

若生の顔に赤みがさしている。

鹿取は畳みかけた。

「新都設計事務所の成田さんは、福山さんとは別の動きをしているようです」

「………」

「御社は新橋二丁目の土地も買収しているのですか」

「何を……」若生が刮目《かつもく》した。「そういう事実はない」

「ということは、新都設計事務所もしくは成田さんは、独自の意思で新橋二丁目の土地を買収しようとしている……そういうことですか」

「刑事さん」若生が顔を寄せる。「事実なのですか」

「うわさですよ」

さらりと返し、鹿取は目で笑った。

「無礼な」

「確認しますが、御社は新橋二丁目の土地買収には関与していないのですね」

「そのとおり。が、いまの話は聞き捨てならない」

「どうされます。訴えますか」

若生が顎をしゃくった。

「警察に抗議するか……新都設計事務所に事実関係を確認し、対応する」

「確認したら、教えてください」

「わたしを、ばかにしているのか」

「とんでもない。が、クビにはなりたくない。ご報告を、待っています」

言って、吉田を目でうながした。

長居は無用。藪は突いた。

あとは、鬼がでるか、蛇がでるか。

どちらにしても慌ただしくなりそうだ。

松本が車を発進させるや、後部座席から声がした。

「鹿取さん、どうして自分を同行させたのですか」

「中陽商事で楊習平と一緒だったのはさっきの男か」

鹿取は前を見たまま訊いた。

「はい。間違いありません」

吉田がきっぱりと答えた。

「若生と目が合ったか」

「用地企画課の土居が、刑事さんと言ったとき、三人が自分のほうに顔をむけたのは憶えています。楊に睨まれたのも……しかし、若生がどうだったか記憶にありません」

「………」

鹿取は口を結んだ。

応接室に入ってきたとき、若生は吉田を見て眉をひそめた。ほんの一瞬のことだ。鹿取と話しだしてからは、吉田に目をむけることはなかった。

無視したのか。鹿取が楊習平の話をしないので安心したのか。あるいは、三か月前におきた事件の詳細を知らないのか。

頭をふって推測を追い払った。

「若生の話と土居の証言、齟齬《そご》はあるか」

「おおむね、合致します」すこし間が空いた。「新橋二丁目の話、事実なのですか」

「どうかな」

「自分にも隠すのですか」

吉田が食ってかかるように言った。

「事実かどうか、自分の目と耳で確かめろ」

吉田が身を乗りだし、顔を近づける。

「蕎麦屋の植松の周辺をさぐるのですね」

「反応がよくなったじゃないか」

「茶化さないでください。新都設計事務所の成田は植松に接触しているのですか」

「可能性はある。が、予断は持つな」

言いおわる前に携帯電話がふるえだした。画面を見て、耳にあてる。

「はい、鹿取」

《山賀だ。どこにいる》

「新橋にむかう途中だ」

《何かあったのか》

「聞き込みよ」

《それなら初台に来てくれ》

「急用か」

《廣川のほうで進展があった。で、火急に相談したいことがある》

「わかった。これからむかう」

通話を切り、吉田に話しかける。

「俺は用ができた。ひとりで大丈夫か」

「ご心配なく」

松本にも声をかける。

「吉田を赤レンガ通りで降ろす。そのあと、初台まで頼む」

言ってシートを倒し、目をつむった。

松本を車に残し、初台駅前の喫茶店に入った。

上司の山賀はすでに来ていた。壁際の席で、顔をしかめ、腕を組んでいる。

「どうした。便秘か」

からかい、正面に座した。

「歯が痛い。頼むから、きょうは俺を苛々させんでくれ」

山賀が弱々しい声で言った。

電話の声とはあきらかに違う。あのあと疼《うず》きだしたか。

「薬は」

「いま飲んだ」

鹿取は頷き、ウェートレスにコーヒーを頼んだ。

薬を飲んでいなければ松本に電話していた。車の救急箱には鎮痛剤も抗生剤もある。煙草を喫いつけてから話しかける。

「進展とは何だ。西村のアリバイが崩れたか」

山賀が首をふる。

「廣川の要請で、被害者の義理の息子、西村の通話記録を入手した」

「………」

鹿取は煙草をふかし、あとの言葉を待った。

「西村は、新都設計事務所の社員と電話でやりとりしていた」

「社員の名前は」

「木暮勝《まさる》……知っているか」

「ああ。やりとりはいつから」

山賀が手帳を捲《めく》る。

「六月十四日、木暮が西村に電話している。直近三か月の通話記録を見るかぎり、それが始まりだ。六月十六日と二十三日の日曜は、昼過ぎに木暮のほうから電話をかけ、どちらも短い通話時間でおわっている」

「ラーメン屋は日曜も営業しているのか」

「赤坂の本店はやっている。八重洲店は休みだ」

「続けてくれ」

「七月一日の午後十時半過ぎ……これは西村からで、通話時間は十三分。最後は、被害者が死体で発見された翌々日の午前九時前……二十分ほど話している」

鹿取は首をひねった。記憶をたどり、口をひらく。

「廣川が西村から事情を聞く前か」

山賀がこくりと頷く。

「十時半に会う約束を取り付けていた。廣川が着目しているのは最後の電話だ」

「なるほど。で、火急の相談とは、そのことか」

「そうだ。廣川が木暮から事情を聞くというので、公安部との絡みを話した。うちの森永管理官と公安部の浅井管理官が話し合ったことだからな」

「廣川の反応は」

「もちろん、機嫌が悪い。当然だ。やつは西村に執着している」
ウェートレスがコーヒーを運んできた。
鹿取は煙草を消し、席を立った。
外に出て、携帯電話を耳にあてる。
相手はすぐにでた。
《廣川です》
「鹿取だ。係長から話は聞いた。新都の木暮、俺に預けてくれないか」
《鹿取さんが、やるのか》
「ああ」
《わかった。まかせる。西村のほうはどうする》
「任意同行をかけ、事情を聞きたいんだろう」
《そうしたいのは山々だが、こっちの動きが木暮にバレるおそれもある》
「気にするな」
《いいのか》
「あたりまえだ。俺の籍は捜査一課……存分にやれ」
通話を切り、浅井に電話をかけてから店に戻った。
「話はついた。廣川は捜査継続……木暮は俺が預かった」

山賀が目を細めた。

鎮痛剤が効いてきたのか。からかうのは止《よ》した。

山賀が言葉をたした。

「頼もしい」

「おまえのほうはどうなんだ」

「風景は見えてきた。が、報告はもうすこし待て」

「木暮……新都設計事務所も風景の中か」

「まあな」そっけなく返し、コーヒーを飲む。「ほかの連中は」

「地取り班も敷鑑班もぱっとせん。皆に疲労と焦りの色が見える。張り切っているのはナシ割り班だけ……三菱パジェロを追っている」

鹿取は頷いた。

けさ、中陽商事の若生に電話をかける前、浅井から連絡があった。

――吉田を襲った車と酷似する車があります。ゴールデンウィークに渋谷区神山町の駐車場で盗まれたものです。これから、盗難に遭った所有者に映像を見てもらい、盗難現場周辺の防犯カメラの映像を解析します――

だが、そのことは山賀に話せない。

吉田が襲われた事件は公安部が担当している。捜査本部のナシ割り班の士気もさがる。

公安部の情報で動かされるのは気分のいいものではない。

新橋のＳＬ広場はがらんとして、人の動きが緩慢に見える。

そういう時間帯もあるのか。時刻は午後三時になるところだ。

ニュー新橋ビルのほうから吉田がやってきた。

表情があかるい。成果があったか。山賀も吉田も感情を表にだすのでわかり易い。

「松本さんは」

「さっき解放した」

「松本さんも大変ですね」

「俺といると、おまえも大変なのか」

「ノーコメントです」さらりと言う。「行きたいところがあります」

「腹が減ったのか」

吉田が目を三角にした。

未だ冗談が通じるときとそうでないときがある。が、気にしない。人の気性は変わらない。変わったら人間なのかと疑ってしまう。

「不動産会社の社員が植松と接触していました」

「ん」眉根が寄る。「新都設計事務所の者じゃないんだな」

「はい。豊友《ほうゆう》不動産商事……八豊《はつぽう》不動産ホールディングの関連会社だそうです。オフィスは西新橋二丁目……ここから歩いても十分とかかりません」

「連れて行け。話は歩きながら聞く」

ＳＬ広場を出て、新橋二丁目の飲食店街を通り抜ける。

「蕎麦屋から出てきた男性の証言です。蕎麦屋の近くの喫茶店で、植松と豊友不動産商事の社員が真剣な表情で話しているのを見たそうです」

「その男は不動産屋の社員を知っていたのか」

「ええ。証言した人はこの近くに事務所を構える行政書士で、新橋、銀座周辺の不動産業者とはつき合いが多いそうです」

「喫茶店で会っていたのはいつごろのことだ」

「日にちは憶えていないけれど、先月の中ごろだったと」

「………」

鹿取は口をつぐんだ。

予備知識としては充分である。

吉田が言葉をたした。

「蕎麦屋の従業員からも話を聞けました。二十年働いているという女性はとても不安そうでした。最近の植松はほとんど店に来ないそうで、きょうは電話もないと……やる気がないんじゃないかとも言っていました」

「客の入りはどうだ」

「売上は安定しているそうです。常連客が多いし、厨房をまかされている職人がしっかりしているので、お店に関しては心配していないと」

「ほかの従業員は」

「ほかの接客係はパート従業員で、彼女らは植松のことはよく知らないそうです。厨房の男性からは話を聞けませんでした」

大通りに出て、左へむかう。細長いビルの前で立ち止まった。


エレベーターで三階にあがる。

四十平米ほどか。八つのデスクが島をつくり、そのむこうにおおきな楕円形《だえんけい》のテーブルがある。デスクに三人、テーブルには二人がいた。

手前のデスクに座っていた小柄な女が近づいてきた。

「いらっしゃいませ」

吉田が警察手帳をかざした。

「警視庁の吉田と申します。営業部長の金丸《かねまる》さんはおられますか」

「はい」

答え、女がテーブルのほうにむかった。

すぐに戻ってきて、右側にある応接室に案内された。

女が去るや、吉田に声をかける。

「質問は俺がする」

ほどなく小太りの男があらわれた。丸顔で、前頭部が禿げあがっている。

「金丸です」

「捜査一課の鹿取です」

勧められ、ソファに腰をおろした。

吉田がとなりに座り、ショルダーバッグから筆記用具を取りだした。

金丸が口をひらく。

「新橋の焼鳥屋のご主人が殺された件でしょうか」

「被害者を知っているのですか」

「ええ。親しかったわけではありませんが、お店で何度か話をしました。わたしはあの店の焼鳥が大好きで、味は新橋一でした」

「そうでしたか」笑みをうかべた。「きょうは、被害者のことではなく、おなじ路地にある蕎麦屋の話を伺いたくて参りました」

金丸が眉で八の字を描く。怪訝そうな顔になった。

「ご存知ですよね、蕎麦屋の植松さんを」

「ええ。植松さんとはかれこれ二十年、親しくさせていただいています」

「最近、会われましたか」

「先週もお店に行きましたが、植松さんは不在でした」

「店以外で、最後に会われたのはいつですか」

「先月の中旬です。相談があると電話で言われ、喫茶店で会いました」

「どんな相談でしたか」

「………」

金丸が眉を曇らせる。

「捜査にご協力ください」

鹿取は声を強めた。

「植松さんが……殺人事件にかかわっているのですか」

「そういうことではなく、通常の捜査の範囲内です」

「わかりました」金丸が肩をおとした。「土地の話でした。新橋二丁目の公示価格や実勢価格……あのあたりの土地売買の動きとか……メモをとりながらの質問でした」

「植松さんは自分の土地を売りたがっているのですか」

「そのようです」

金丸の声音が弱くなった。

鹿取は畳みかける。

「六本木にある新都設計事務所をご存知ですか」

「えっ……ええ。知っています」

「どういう会社ですか」

「どうと言われても……取引がないので……ただ、あそこは土地売買のプロ集団だと……そんなうわさは耳にしています」

しどろもどろに言った。

「新都設計事務所が植松さんに接触しているのもご存知のようですね」

「………」

金丸が眉尻をさげた。

太い眉は表情が豊かだ。

鹿取は顔を近づけた。

「どうなんですか」

「そのようです。が、くわしい話は知りません」

「あなたには土地の質問だけをしたのですか」

「それが……検討してほしいと」

「土地の売却を持ちかけられた……そういうことですね」

「ええ、まあ。しかし、わたしの一存でどうなるものではありません」

「検討しているのですか」

「弊社の社長と相談し、親会社に報告しました」

「結論はでたのですか」

金丸が首をふる。

「親会社は土地購入に消極的なようで……近年高騰を続ける新橋二丁目の中で、蕎麦屋や焼鳥屋がある路地は、ほかの路地よりも評価が低いのです」

「なぜですか」

「一時期、あの路地には風俗店が軒を連ねていました。ピンサロとかファッションマッサージとか……その印象が強いのでしょう。風俗店のほとんどが撤退したいまも、新橋二丁目のほかの路地と比べて人通りがすくなく、女性の姿もまばらです」

鹿取は頷いた。

あの路地を歩いておなじ印象を持ったことがある。

「路地全体の印象が変われば、評価も変わるでしょうが」

金丸が独り言のように言った。

鹿取は目をしばたたいた。うかんだことが声になる。

「十年ほど前、植松さんらはあの路地の風景を変えようとしたと耳にしましたが」

「ええ。あのとき、わたしも相談を受けました。いいアイデアでした。あれが実現していれば、いまごろ、新橋二丁目で最高値が付いていたでしょう」

「なるほど」

鹿取は表情を弛めた。

幾つかの疑念が解けた。

路上に立ち、吉田に話しかける。

「これから植松の自宅へむかえ」

「行って、どうするのですか」

「いまの話、植松にぶつけろ。留守なら帰ってくるまで粘れ」

言って、携帯電話を手にした。その場で電話をかける。

《浅井です。こちらからかけるところでした》

「何があった」

《鹿取さんは動けますか。見せたい映像があります》

「桜田門か」

《そうです》

「十五分で行く。南はどこだ」

《そばにいます》

「いますぐ、蕎麦屋の植松の自宅にむかわせろ。吉田も行く」

《承知しました》

通話を切り、携帯電話を畳んだ。

吉田が前かがみになる。

「どうして南さんを……自分の身を案じてのことなら……」

「ガキじゃあるまいし」ぞんざいにさえぎった。「植松は、新都設計事務所の成田と接触していた。ほかの業者と会っていたのは気になる。それに、新都は公安部の的だ」

「わかりました」

吉田が即答した。


公安部の会議室には四人の男がいた。長机を囲んで作業している。

浅井はワイシャツの両袖をたくしあげ、パソコンの画面を見ていた。

パソコンの周囲には紙がひろがっている。

鹿取は、浅井のそばの椅子に腰をおろした。

「呼びつけて、申し訳ない」

浅井が顔をむけた。

目の下が黒ずんでいる。睡眠不足の日々が続いているのだろう。黙々と作業する部下の三人の顔からも疲労の色が窺える。

「これを見てください」

浅井がパソコンの画面の向きを変えた。

三人が黒っぽい車のそばにいる。三人ともキャップを被り、おおきなマスクをかけている。画面の右下に〈2019 05 03 01:45〉とある。

「渋谷区神山町の駐車場です。黒の車が盗まれた三菱パジェロ。盗難届をだした所有者から話が聞けました。吉田を襲った車の映像を見て、タイヤホイールがおなじだと証言しました。所有者が付け替えたそうで、同型の盗難車両とは異なります」

「……………」

鹿取は無言で映像を見つめた。

そんな報告なら電話でも済む。

浅井が画面をスクロールする。

「これは、駐車場から三百メートルほど離れたところにあるコンビニの防犯カメラの映像です。時刻は五月三日の午前一時十二分……ひとりで歩いている男は、駐車場で見張りをしていたと思われる男と、身体つきも身なりも似ています」

「渋谷署は、この男に接触したのか」

渋谷区神山町は渋谷署が所管している。

「このコンビニの防犯カメラの映像を回収したというデータはありません」

そんなものだ。

警察は単純な窃盗事案に多くの人員をあてない。捜査時間もかぎられている。

「こいつの素性が知れたのか」

「はい。柳川篤《やながわあつし》、三十一歳。四年前、窃盗罪で執行猶予付きの有罪判決を受けています。人気の車種ばかりを狙う窃盗グループのひとりです。が、一緒に逮捕された仲間以外の名前は吐きませんでした」

「所在はわかっているのか」

「麻布十番のマンションに女と住んでいます。女は六本木のキャバクラ嬢です」

「ん」

鹿取は眉根を寄せた。

浅井がにやりとする。

「憶えていましたか」

「吉田が襲われた時刻、楊習平がひとりで遊んでいたキャバクラか」

「はい」

答え、浅井がテーブルの紙に左手の人差し指を立てる。

「これはキャバクラ嬢のスマホの通路記録です」

鹿取は視線を移した。

何箇所も赤色の線が引いてある。

「赤は毎日……通話時間からショートメールでやりとりしているものと思われます。相手の番号は使用者不明……名義人は、生きていれば七十八歳、所在不明です」

闇の流通品ということだ。

「こちらも見てください」

浅井が別の紙を指さした。

「成田のケータイの通話記録です。おなじ番号があります」

鹿取は顔をあげた。

「この番号、窃盗犯のケータイなのか」

「確認できていません。現在、部下がキャバクラ嬢の周辺で聞き込みしています」

「使用者不明のケータイの通話記録は」

「手配しました。まもなく手元に届きます」

鹿取は椅子にもたれ、息を吐いた。

煙草を喫いたいが、我慢するしかない。ここは換気が悪い。窓もない。

浅井は間を空けない。

「肝心な話はこれからです」

言って、別の紙を鹿取の前に置いた。

「新都設計事務所の木暮のケータイの通話記録です。ここにもおなじ番号があります」

鹿取は姿勢を戻した。

浅井が続ける。

「吉田が襲われた当日の午後四時過ぎ、木暮から電話しています」

その箇所に緑色の線が引いてある。

「こっちの赤い線は……」

日付を見て、語尾を沈めた。

被害者の死体が路上に遺棄された当日である。

「二日前」浅井が言う。「金曜の昼間にも、木暮のほうから電話しています」

「………」

鹿取は目をつむり、首をまわした。

「鹿取さん。木暮を引っ張りますか」

「まだ早い」

あっさり返し、木暮の通話記録を手にした。

目が止まる。上司の山賀とのやりとりを反芻《はんすう》した。

――六月十四日、木暮が西村に電話している。直近三か月の通話記録を見るかぎり、それが始まりだ。六月十六日と二十三日の日曜は、昼過ぎに木暮のほうから電話をかけ、どちらも短い通話時間でおわっている――

――ラーメン屋は日曜も営業しているのか――

――赤坂の本店はやっている。八重洲店は休みだ――

――続けてくれ――

――七月一日の午後十時半過ぎ……これは西村からで、通話時間は十三分。最後は、被害者が死体で発見された翌々日の午前九時前……二十分ほど話している――

六月の十六日と二十三日はどちらも一分以内に通話をおえていた。

浅井に顔をむける。

「木暮の位置情報は確認できるか」

「はい。現在位置ですか」

「六月の十六日と二十三日……どちらも昼過ぎだ」

「わかりました」

部下に指示をし、浅井が視線を戻した。

「すこし時間がかかります」

「かまわん」

浅井が手帳を見た。

「日曜ですね。どうして、気になるのですか」

「被害者の義理の息子と会った可能性がある」

言って、山賀とのやりとりを話した。

――廣川が木暮から事情を聞くというので、公安部との絡みを話した。うちの森永管理官と公安部の浅井管理官が話し合ったことだからな――

山賀の配慮も言い添える。

話している内に、浅井の眼光が増した。

「管理官」

声がして、視線をむけた。

部下がノートパソコンを運んできた。

「まず、六月十六日の正午からの動きです」

言って、マウスにふれた。

赤い点が動きだした。

「止めろ」声を発した。「ここは門前仲町だな」

「はい。門前仲町二丁目、門仲の交差点の近くです」

「二十三日のほうは」

「まったくおなじ動きをしています。どちらも小一時間、動きが止まっています」

頷き、鹿取は携帯電話を手にした。

《山賀だ》

元気な声がした。

歯痛は治まったか。

「用件を言う。西村の家の近くで聞き込みをしろ。六月十六日と二十三日の午後一時前後……周辺の防犯カメラの映像も集めろ」

《西村と新都設計事務所の木暮が電話で話した日だな。理由を言え》

「木暮のケータイの位置情報を確認した。どちらの日も、午後一時ごろから小一時間、木暮は門前仲町にいた」

《公安部の情報か》

「そうよ。浅井が協力してくれた。あんたの配慮へのお礼だ」

《感謝すると伝えてくれ。さっそく、廣川らをむかわせる》

通話が切れた。

直後、携帯電話がふるえだした。

「はい、鹿取」

《吉田です》咳き込むように言う。《植松は土曜の夜から家に帰っていません。奥さんによれば、電話もないそうです》
「………」
鹿取は顔をしかめた。
捜査が動きだすときはこんなものだが、それにしても、一つひとつに頭が対応できないほどの慌ただしさである。すべてが後手に回っているような気もする。
《きのうから奥さんが何度も電話したけれど、つながらないそうです》
「外泊することはよくあるのか」
《たまに帰ってこない日もあるそうですが、そのさいは連絡をよこしていたと》
「女房は、行先に心あたりはないのか」
《きょうは朝からあちこちに電話をかけたそうです》
「おまえはどこにいる」
《家の前……南さんの車の中です》
「行方不明者届を提出するよう、女房に言え」
《応じるでしょうか》
「有無を言わせるな。むりやりでも連れだし、車で代々木署へ運べ」
《わかりました。そのあとは》

「女房から事情を聞け」

《店の件ですね》

「ああ。新都設計事務所と豊友不動産……個人名をだしてもかまわん。南には、女房を代々木署に運んだら桜田門に戻ってくるよう伝えろ」

通話を切り、浅井に話しかける。

「窃盗犯の位置情報は確認できるか」

「使用者不明のケータイにはＧＰＳ端末が付いていません」

「部下を、麻布十番の家に張り付かせられるか」

「ご心配なく」

浅井が携帯電話で指示する。息を吐き、目を合わせる。

「鹿取さんも出動ですか」

「赤坂に帰る。臆病者だからな」

浅井がにんまりした。

意味が通じたのだ。

「自分も同行します」

鹿取は肩をすぼめた。

中華料理を食いたいのか。

からかうのは止めた。作業に励む浅井の部下らに失礼である。

浅井が浴室から出てきた。

麻の甚平を着ている。鹿取の部屋着だ。頭は濡れている。

「さっぱりしました」

元気な声を発し、ソファに座った。

この三日間は警視庁に泊まり、シャワーも浴びていなかったという。カラオケボックスに入る前にはコンビニエンスストアで下着を買っていた。

松本がトレイを運んできた。浅井の前に白磁の皿を置く。

オリーブオイルとニンニクの匂いがひろがった。

「まかない料理ですみません」

言って、松本がレモンを絞った。

浅井が肉片をつまむ。目がまるくなる。

「これが、まかない料理ですか」

「ステーキハウスで使う神戸牛の切り落としの部位です」

それと短冊切りのセロリをさっと炒《いた》めたもので、鹿取は何度も食べている。

浅井が黙々と食べだした。

鹿取は、ザル豆腐に塩をふり、酢橘を絞りおとした。木製の匙《さじ》で食する。冷酒を飲み、水ナスの浅漬をつまんだ。どちらも酒が進む。

「生き返りました」

浅井が水割りのグラスを傾けた。咽が鳴る。

松本は空き皿を手に立ち、キッチンへむかった。

浅井が視線をむけた。仕事の顔になっている。

「植松は攫われたのでしょうか」

「誰に」

「焼鳥屋の主人を殺した連中ですよ」

「どちらも新橋二丁目の土地が絡んでいる……そう思うのか」

「ええ。鹿取さんは違うのですか」

「わからん」

そっけなく返し、煙草を喫いつけた。ふかし、続ける。

「うちの廣川に期待している」

「どういう意味ですか」

「被害者は、新都の福山とも成田とも接触していた……福山とは新橋三丁目の再開発事業で連携し、成田とは新橋二丁目の自分の土地のことで接触していた。そう考えるのが筋だろう。が、被害者に土地を売る気があったのかどうか」

「被害者の義理の息子は、結婚後、被害者と会っていなかったのでしょう。被害者の胸の内を知っていたとは思えません」

「被害者は娘を溺愛していた。娘が離婚するのを切望していたとも聞いた」

「西村はそれを知っていて、逆に、利用しようとした」

「………」

鹿取は首をひねった。

他人の胸の内などわかるはずもない。夫婦のことになればなおさらである。

テーブルの携帯電話がふるえだした。手に取り、耳にあてる。

「はい、鹿取」

《山賀だ。あす、西村を任意で引っ張る》

「何がわかった」

《六月十六日と二十三日、西村は、門前仲町の喫茶店で新都設計事務所の木暮と会っていた。近くの防犯カメラの映像も西村と木暮を捉えている》

「木暮はひとりだったのか」

《そうだ。木暮はおまえが引っ張るか》

「放っておく」

《はあ》

「先にやることがある」

鹿取は通話を切った。

浅井の携帯電話が鳴りだした。

短いやりとりのあと、浅井が目を合わせた。

「窃盗犯の柳川の女が家を出ました。歩いて六本木にむかっているそうです」

鹿取は腕の時計を見た。

午後八時前。キャバクラに出勤するのか。

浅井が言葉をたした。

「柳川の所在は確認できていません。女から事情を聞きますか」

「身柄を拘束できるか」

「むりです。罪状がありません」

「監視を続けろ。家も見張っているのだな」

「はい。南も合流させました」

鹿取は視線をずらした。

「マツ、でかける」

煙草を消し、隣室に移った。

松本が追ってきて、金庫の扉を開ける。

「どっちにしますか」

中には二丁の拳銃が収まっている。S&W製リボルバーとベレッタの自動拳銃。どちらも未登録の愛用品である。

「まかせる」

裸になり、カーキ色のコットンパンツを穿く。紺色のポロシャツを被り、ガンショルダーを肩に吊るした。

それを見て、松本がリボルバーを手にした。

やはり、松本とは相性がいい。ツーカーの仲になってきた。

ベージュのサマーブルゾンを手に、隣室に戻った。


車が徐行を始め、ゆるやかな坂路の途中で停まった。

「右斜め前、グレーのマンションです」

後部座席の浅井が声を発した。

そのマンションのほうから南が駆け寄ってきた。

鹿取は助手席のウィンドーを降ろした。

南が腰をかがめる。

「三〇三号室の灯はついています。が、柳川の姿は視認できません」

「配電盤は」

「ゆっくり、おなじ速度で回っています」

「見張りは、おまえひとりか」

「仲間が建物内の非常階段にいます」

「見張りを続けろ」

「はい」

南が車から離れた。

浅井が身を乗りだす。

「踏み込まないのですか」

「道具はあるか」

「はい」

浅井が即答した。

意味が通じたのだ。公安部の捜査員ならピッキングなど朝飯前である。浅井の仲間もピッキングで建物内に侵入したのだろう。

鹿取はフロントパネルのデジタルを見た。午後九時を過ぎた。

「野郎が中にいればいいが……赤の他人の家で待つのは気が進まん」

「不在で、帰ってこなければ、どうしますか」

「とりあえず、十一時まで待とう。それで動きがなければ、キャバクラの女を使う」

言って、鹿取は煙草を喫いつけた。

やると決めたら、手段は問わない。毎度のことである。

そとにむかって紫煙を吐き、松本に話しかける。

「マツ、子作りはどうなった」

「何ですか、急に」

松本が目を白黒させる。

「家庭円満かと聞いている」

「何の問題もありません。家庭も商売も順調です」

「何より」

さらりと返し、浅井にも声をかける。

「南青山の愛華のビルの件はどうなった」

「すみません。動かせる部下はこちらと新都設計事務所の成田と木暮に回しました」

「謝るのはこっちよ」

「とんでもないです。どうせ、おなじ穴のムジナ……」

「決めつけるな」

声を強めてさえぎった。

浅井は止めない。

「予断ではありません。鹿取さんが動けば、結果、そういうことになります」

「くだらんことを……」

声を切った。

バックミラーにヘッドライトが映った。タクシーか。坂路をあがってくる。

松本がにやりとした。

「さすが、鹿取さん。引きが強い」

「おまえまで……小道具は揃っているか」

「ばっちりです」

「浅井。野郎なら、おまえは助手席に移れ」

「ひとりで相手するのですか」

「充分よ」

そとに出て、鹿取はサマーブルゾンのファスナーをおろした。

タクシーがかたわらを過ぎ、マンションの前で停まる。

男がひとりで車から出てきた。

「やつです」

言って、浅井がすばやく助手席に移る。

男がマンションにむかう。左手に持つセカンドバッグがゆれている。

南が動き、マンションの玄関に立った。

松本が車を寄せる。

鹿取は、背後から声をかけた。

「柳川篤か」

男が足を止め、ふりむく。

「なんだ、てめえ」

声を発し、左右を見る。

逃げる気か。

鹿取は一歩踏みだし、男のシャツの襟を掴んだ。頭突きを放つ。鈍い音がした。股間《こかん》に膝蹴りも見舞う。うめき、男が身体を折った。

引きずるようにして、男を後部座席に押し込んだ。

「何しやがる」

男が吼えた。

迫力はまるでない。鼻から血を垂らし、目はおびえている。

肘打ちが男の顎に命中する。のけ反ったところを、後ろ手に手錠を打つ。アイマスクをかけ、口にハンドタオルを詰め込んだ。

それを見届け、松本が車を発進させた。


カラオケボックスの外階段を使い、三階の部屋に入った。

浅井が柳川の身体を検《あらた》める。

シャツの胸ポケットにＰＡＳＭＯのカード、ズボンのポケットには携帯電話とキーホルダー、ポケットティッシュと硬貨が入っていた。

セカンドバッグを開き、中身をテーブルにならべる。煙草と簡易ライター、スマートフォン、刃渡り十二、三センチの細身のナイフ、ブランド品の財布。財布には七万三千円とキャッシュカード、複数のポイントカードがあった。

アイマスクをはずし、口に詰めたハンドタオルを取る。手錠はそのままだ。

柳川が肩で息をし、室内を見回した。

「ここはどこだ。てめえら、刑事じゃないのか」

あいかわらず口だけは達者なようだ。

答えず、浅井が柳川の腕をかかえ、コーナーソファに座らせる。

鹿取はブルゾンを脱ぎ、角をはさんで柳川と向き合った。

松本が水割りのグラスを運んできた。

浅井が松本に声をかける。

「しばらくお願いします」

言って、柳川のスマートフォンを手に取り、隣室のドアを開けた。

こちらも闇の流通品なのか。本人名義の携帯電話はなかった。

水割りをあおるように飲んでから、柳川を見据えた。

柳川は目を合わせない。ガンショルダーの拳銃を見つめている。

「俺は警視庁の鹿取。この先、質問は受けつけん」

「刑事がこんなまねをしやがって……信用できん。警察手帳を見せろ」

「うっとうしい」

つぶやき、左の拳を伸ばした。顔面を捉える。

柳川の身体が前後にゆれた。乾いていた血に鮮血がまじる。

松本が両腕で柳川をかかえた。

「鹿取さんを怒らせるな。ここをおまえの墓場にするな」

「………」

柳川があんぐりとした。目の玉が飛びだしそうだ。

鹿取は煙草をくわえ、火を点けた。ゆっくりふかし、タブレットにふれた。操作の仕方は浅井に教わった。画面を柳川にむける。

「ここに映っているのはおまえだな」

柳川の顔がタブレットに近づく。松本が頭を押さえたのだ。

「ああ」

蚊の鳴くような声がした。

コンビニの防犯カメラの映像から駐車場のそれに画像を変えた。車のそばにいる三人の人物のひとりを指さした。

「これも、おまえ。認めるか」

柳川が首をふる。が、ほとんど動かなかった。

かまわず質問を続ける。

「思いだせ。五月二日の深夜……おまえは、渋谷区神山町の駐車場で車を盗んだ」

「………」

「とぼけてもむだよ。さっきの画像のおまえとこっちの男、体形が合致した」

そんな報告は受けていない。

柳川の瞳がせわしなく動いた。

「何を考えている」目で笑う。「さっさと認めて、解放されたいか」

柳川がこくりと頷いた。

「認める。どっちも俺……カネが欲しくて、この車を盗んだ」

「仲間の名前を言え」

「勘弁してくれ。殺される……」

「盗んだ車はどうした」

「売った。相手が誰かは知らない」

鹿取はソファにもたれ、首をまわした。相手にするのが馬鹿馬鹿しい。

浅井が戻ってきて、松本と入れ替わった。

「素直に供述していますか」

「幼稚園の教材どおり……舐めてやがる」

「正直に話したんだ」柳川が声を張る。「所轄署に連れて行け」

「そうは行かん。これからが本番よ」

「そんな、ばかな」

声がふるえた。

胸にかかえる不安がこみあげてきたか。

鹿取は、ふかした煙草を消し、二枚の写真をテーブルに置いた。浅井の部下が新都設計事務所の木幕を盗み撮りしたものだ。

「これは、誰だ」

「知らん。もう喋らん」

「そうかい。なら、声もあげるな」

鹿取はナイフを手にした。

柳川が目を剝く。身体がういた。

かまわずナイフを柳川の左太股に突き刺した。せいぜい二センチか。

「ひぃー」

奇声を発し、柳川が顔をゆがめる。たちまち顔は血の気を失《な》くした。

ナイフを抜き、刃先を柳川の股間にあてる。

「止めろ」

金切り声が部屋に響く。

泣き叫ぼうとも気にしない。この部屋は厳重な防音措置が施されている。前の所有者の三好が組長だったころから、私的な取調室としても使っていた。

「ラストチャンスだ。この男を知っているか」

「木暮……」

つぶやき、うなだれる。

浅井が柳川の顎を持ちあげる。

「どこの木暮だ」

「新都設計事務所」

「おまえとはどういう関係だ」

「関係って……紹介されたんだ」

「誰に」

「女……一緒に住んでいる……」

「六本木のキャバクラで働いている女か。木暮は女の客か」

柳川がちいさく頷く。

「どうして紹介された」

「どういうわけか、木暮は俺のことを知っていて、紹介してくれと頼まれたそうだ」

「いつのことだ」

「………」

柳川の目が泳ぐ。

まだ頭を働かせる余裕はありそうだ。

鹿取はナイフをソファに突き立てた。右手で太股の傷を押さえる。

うめき声が洩れた。ややあって、柳川が口をひらく。

「六月……はっきり憶えていないけど、二十日ごろ電話がかかってきた」

浅井が目で頷いた。

鹿取も憶えている。木暮の携帯電話の通話記録では、六月二十一日、七月の五日と七日および十一日である。

「で、それからどうした」

「麻生十番の喫茶店で会った。いきなり、カネ儲けの仕事がある。手伝ってくれと……」

声を切り、柳川が目を見開く。「刑事さん、ほんとうなんだ」

鹿取は視線をずらした。

「マツ、傷の手当をしてやれ」

松本が救急箱とボトルを持ってきた。

ソファのナイフで柳川のズボンを切り裂いた。ボトルをラッパ飲みし、口にふくんだ液体を傷に吹きかける。晒布《さらしぬの》も裂き、太股に巻きつける。

浅井が、感心するような、あきれたような顔で見ていた。

鹿取はおなじ処置を受けたことがある。ボトルは八十八度のウオッカだ。

あたらしい煙草を喫いつけた。ふかし、浅井に声をかける。

「いまの話、ウラをとってくれ」

頷き、浅井が隣室に消えた。

六本木のキャバクラを見張っている部下に指示をするのだろう。

ほどなく、戻ってきた。

「手配しました」

言って、水割りをあおるように飲んだ。

松本が二種類の錠剤を柳川の口に入れ、コップの水を飲ませた。

柳川がおおきく息をつく。

「浅井、手錠をはずしてやれ」

「いいのですか」

「かまわん。動けば……うそをついても、撃つ」

「そうですね」

浅井がこともなげに言った。

柳川が目を白黒させる。

「訊問を再開する」

言って、鹿取は紙を手にした。木暮の携帯電話の通話記録である。

柳川の口がなめらかになるよう、罪状の軽いほうから始める。

「今月十一日の午後四時過ぎ、木暮がおまえに電話している。何の用だった」

「車を運転してくれと……ことわれなかった……」

さぐるような目をして答えた。

早くも保身に走りだしたか。

どうでもいい。煙草をふかし、質問を続ける。

「具体的に言え」

「電話ではそれだけだった。言われたとおり、赤坂郵便局の前で木暮を車に乗せ、世田谷区の梅丘へむかった」

「………」

眉根が寄った。

木暮のほかに、吉田を監視していた者がいるということか。あるいは、端から吉田の帰宅間際を襲うと決めていたのか。

木暮の通話記録を確認した。

柳川に電話をかけてから吉田が襲撃されるまでの間は発信も着信もない。ＳＭＳも利用していないことになる。

視線を戻した。

「木暮は、車に乗っているとき、誰かと連絡を取り合っていたか」

「ずっとタブレットを持って……メールでやりとりをしているようだった」

「おまえは、木暮とメールでやりとりをしたことがあるか」

柳川が首をふる。

「だよな。訊いた俺がばかだった」

特殊詐欺や窃盗などの犯罪グループは記録に残るメールを利用しない。

柳川が苦笑し、口をひらく。

「水を飲ませてくれ」

傷のせいで熱がでてきたか。緊張で口中が乾いているのか。

「マツ、美味い水割りをつくってやれ」

言って、柳川を見据える。

「梅丘で女刑事を襲ったさいの車はどこにある」

「………」

柳川が眉尻をさげる。ちらりと拳銃に目をやる。ため息をこぼした。松本が差しだしたグラスを持ち、咽仏をさらして水割りを飲んだ。

「上大崎のＹＫガレージ……自動車整備工場に運んだ。いまもあるかどうか……」

「仲間か」

「えっ」

「車の窃盗グループのアジトかと訊いている」

「答えたくない」

蚊の鳴くような声で言った。

となりで浅井がタブレットにふれている。

鹿取はソファにもたれ、煙草をふかした。間を空けるほうがよさそうだ。

ほどなく、浅井が顔をあげた。

「品川区上大崎二丁目に実在します。関東運輸局の指定工場です」

地方運輸局は、局長名で〈認証工場〉と〈指定工場〉を認証し、所管している。

「経営者は横山勝次《よこやまかつじ》、四十三歳。親の家業を継いだようです」

「前科は」

「ないです。が、大崎署の捜査報告書に横山の名前が載っています。盗難車両がＹＫガレージで発見され、横山は二度の事情聴取を受けた。横山は窃盗事件との関与を否定し、大崎署はそれを覆す物証を得られなかったようです」

鹿取は視線をずらした。

「おまえが盗んだ車か」

柳川がぶるぶると首をふる。

「俺は小菅《こすげ》にいた」

小菅には東京拘置所がある。

「語るに落ちたな」

「えっ」

「どうして、おまえが身柄を拘束されているころの事件だとわかった」

「……………」

柳川が口をもぐもぐさせた。声にはならない。

浅井が柳川のスマートフォンを手にした。柳川に話しかける。

「アドレス帳に七人の登録がある。すべてイニシャル表記……ＹＫは横山か」

柳川がこくりと頷く。

空唾《からつば》をのんだようにも見えた。

「この七人、窃盗グループの仲間だな」

返事を聞く前に、浅井が視線をずらした。

「柳川の女も木暮も登録していません。このスマホはグループ専用のようです。いま調査中ですが、このスマホをふくめ、名義人と使用人は異なるものと思われます」

鹿取は煙草を消し、松本に声をかける。

「マツ、こいつの守りを頼む」


浅井を誘い、隣室に入った。

「南らを上大崎へむかわせろ」

「捜査本部に報告しなくていいのですか」

「吉田が襲われた件は公安部の担当じゃないか」

「しかし、あの調子なら、殺人と死体遺棄も認めるでしょう」

「認めたところで、木暮までよ」

「…………」

浅井が目をぱちくりさせた。

「ここまでおまえにつき合わせておいて、手ぶらというわけにはいかん」

せめて、新都設計事務所の成田まではたどり着きたい。

公安部の特別捜査班の目的は別として、浅井の的は楊習平である。楊の背後にいる中国大使館の一等書記官、安建明も視野に入れている。

「前回のことがある。楊習平との関係があきらかになるまで成田は泳がせておく。成田と木暮の関係もおなじこと……雑魚二匹で幕を引くつもりはない」

浅井が無言で頭《こうべ》を垂れた。

姿勢を戻し、携帯電話にふれる。てきぱきと指示をし、通話をおえた。

鹿取はドアに手をかけた。

松本がガーゼで柳川の顔を拭いていた。

「あまやかすな」

「鹿取さんに気を遣ったのです。汚れた顔を汚すのは気が滅入るでしょう」

「…………」

返す言葉が見つからない。

ソファに座り、あたらしい煙草を喫いつけた。

松本が去り、浅井が柳川のとなりに腰をおろす。

柳川の目が落ち着かなくなる。気が気でないのだ。

煙草をふかし、柳川に話しかけた。

「腹は括ったか」

「えっ」

「最後の質問を始める」

鹿取は、木暮の通話記録を指さした。

「赤い線の日付を見ろ」

「……………」

柳川は見ようとしない。すでに気づいているのはあきらかだ。

かまわず続ける。

「七月五日、金曜……これがカネ儲けの電話か」

「……………」

「往生際が悪いぜ」

鹿取は拳銃を抜いた。

「や、止めてくれ」

金切り声は銃声にかき消された。柳川の顔の横で、粉々になったスポンジが舞う。

鹿取は銃口をさげた。

柳川の身体は縮こまり、両膝がふるえだした。異臭が漂う。ズボンが汚れた。

「答えろ。電話で、何を指示された」

「車を用意し……六時に……日比谷公園の地下駐車場に来いと……」

息も絶え絶えに答えた。

「車は、女刑事を襲ったのとおなじものか」

「そう」

「駐車場に入ったあとは」

「木暮がリアシートに乗ったけど、そのまま、二時間以上も待たされた」

「木暮と話したか」

「ほとんど……やつはタブレットを見ていた」

「それから」

「三人の男が近づいて……両脇をかかえられていた男がリアシートに乗せられた」

浅井が写真をかざした。

「乗せられたのはこの人物か」

「そう」

「生きていたのか」

「ああ」

浅井が別の写真をテーブルにならべる。六枚ある。

「ほかの二人、この中にいるか」

柳川が力なく首をふる。

「あっという間のことで……緊張していたし……顔は憶えていない」

浅井が写真をセカンドバッグに戻した。

鹿取は質問を再開した。

「乗せた男を殺し、二日後、渋谷区上原の路上に遺棄した……そうだな」

「違う」柳川が声を張りあげる。「俺は、殺《や》っていない。ほんとうだ、刑事さん」

「では、順番に聞く。どこに運んだ」

「五反田《ごたんだ》の貸倉庫……借りるよう言われていた」

「貸倉庫の場所は」

柳川が答え、浅井が手帳に書き留めた。

「そこで殺したんだな」

「だから」声がひきつらせ、顔を寄せた。「俺じゃない。深夜に戻ってくるよう言われて……午前二時ごろ戻ったら……シートにくるまれ、転がっていた」

「中にいたのは木暮ひとりか」

「そう。俺、気分が悪くなって……帰ろうとしたけど、威された」

鹿取は肩で息を吐いた。

もう柳川に用はない。殺人と死体遺棄の容疑で取り調べるつもりはない。

「マツ、こいつをとなりに転がせておけ」

松本が引きずるようにして柳川を隣室に運んだ。

浅井が口をひらく。

「貸倉庫の捜索はどうしますか」

「こっちでやる。殺人事案だ」

答え、携帯電話を手にした。〈スピーカー〉を押し、テーブルに置く。

《山賀だ》

「どこにいる」

《捜査本部……これから帰るところだ》

「悪いな。きょうは泊まりになる」

《何があった》声がはずんだ。《犯人がわかったのか》

「公安部が重要容疑者の身柄を押さえた。これから桜田門に運び、吉田への殺人未遂の容疑で取り調べを行なうそうだ」
《何者だ》
「詳細は取り調べがおわるまで待て」
うめき声が聞こえた。
《そいつは、こっちの事案にも関与しているのか》
「おそらく……が、雑魚よ」
《ということは、主犯格の目星もついているのだな》
山賀が念を押すような口調で言った。
早くも、頭の中で金星が輝きだしたか。
「盗難車両を追っているのは青野だな」
《ああ。それがどうした》
「書くものはあるか」浅井の手帳を見る。「いいか。品川区西五反田△丁目×―○△。五反田イエローボックス……貸倉庫だ。青野にA4の倉庫を捜索させろ」
《そこに何がある》
「被害者が運び込まれた」
《なんと》声がうわずる。《殺害現場か》

「そっちで確認しろ。切るぜ」

《待て。雑魚は、こっちに回ってくるのだな》

「公安部の取り調べがおわり次第……浅井に要望する」

《頼むぞ》

通話が切れた。

鹿取は首をすくめ、浅井に話しかけた。

「聞いてのとおりよ」

「承知しました。これから柳川を連行します」

「おまえを優先するのも一日かぎり……あした、うちの廣川が西村の身柄を引く。どんな供述になろうとも、その時点で木暮の逮捕状をとる」

「わかりました。こちらも全力を注ぎます」

鹿取はにやりとした。

「注いでなかったのか」

「鹿取さんにもたれていました」

浅井が目で笑った。

翌朝九時、鹿取はカラオケボックスを出た。

赤坂通りの路肩に停まるグレーのセダンに乗る。

「おはようございます」

運転席の浅井が声を発した。

きのうとおなじ身なりで、顔はくすんでいる。が、目は活《い》きている。

「松本さんは」

「掃除よ」

そっけなく返し、助手席のシートベルトを締める。

松本は七時過ぎに来た。

ほどなく内装業者もやってきて、ソファの張替え作業を始めた。これまで何度も改装している。今回はソファの張替えだけだからさほどの手間はかからないだろう。

そのままにしておけば、掃除に来る真規子が卒倒する。

車が動きだした。

「取り調べは順調か」

「午前四時に中断し、七時から再開しました。供述調書は四時にとりおえ、再開後は、上大崎のＹＫガレージの捜索の結果を踏まえて、訊問を行なっています」

浅井の部下がＹＫガレージで三菱パジェロを発見、押収したとの報告は受けた。ナンバープレートは無く、ボディは紺色だったそうだが、タイヤホイールが防犯カメラの映像のものと合致した。リアウィンドーは取替えられた跡があるという。

「新都設計事務所の話はしているか」

「いいえ。新都設計事務所の所在地も知らなかったようです」

「やつの女のほうはどうだ」

「あたりがありました」浅井が表情を弛める。「新都設計事務所の成田は女の客です。成田は上客で、何度か寝たこともあると……木暮は成田が連れてきたそうです。楊習平も成田の紹介ですが、楊と成田が一緒に来たことはないそうです」

「ようやくつながったか」

「はい。きょうは、南青山のオフィスビルで聞き込みをします」

「女の身柄はどうした」

「窃盗の共犯の容疑で留置しました」

鹿取は頷いた。

女が楊習平や成田に連絡すれば、これまでの苦労が水泡に帰す。

代々木署の応接室のソファに浅井とならんで座った。前回とは状況が異なる。

捜査一課の森永管理官と山賀は前回とおなじ席にいる。

山賀が前のめりになる。

「鹿取、容疑者の取り調べは進んでいるのか」

「逸るな。夜を徹して仕事をしている公安部の連中に失礼だ」

森永が眉を曇らせた。

いきなり出鼻をくじかれたか。上司への生意気なもの言いが気に障ったか。

山賀が顎を引き、浅井に視線をむける。

「浅井管理官、失礼しました」

「気持はわかる」浅井が鷹揚《おうよう》に返した。「吉田襲撃に関してはほぼ認め、供述調書も作成した。現在、供述内容のウラをとっている」

「そうですか。諸々《もろもろ》、期待しております」

浅井が頷くのを見て、鹿取は声を発した。

「貸倉庫のほうはどうなった」

「午前七時に捜索を始めた。いまも鑑識捜査は続いている。これまでの報告によれば、室内のあちこちから血液反応がでている」

「借主の名前は」

山賀がテーブルの紙を手にした。

「柳川篤、三十一歳。窃盗罪の前科がある。柳川は、七月五日の午後三時十五分、インターネットで一週間の予約をし、クレジットカードで決済していた。柳川は麻布十番のマンションに女と同居している。青野らをむかわせたが二人とも不在……所轄署の連中も動員し、柳川の行方を追っている」

「止めさせろ」

「はあ」

きょとんとし、すぐ怒ったような顔に変わった。

「公安部の手にあるのか」

「ああ。女の身柄も押さえた。捜査情報が洩れるおそれもある」

「…………」

山賀が口元をゆがめた。

それを先に言え。

浅井が同席していなければ、山賀は感情を爆発させた。

鹿取は話を前に進めた。

「貸倉庫の防犯カメラは回収したか」

「それが……なんともずさんな会社だ。敷地内の防犯カメラは壊されていた。七月五日の午後八時までは作動していたから、柳川が壊したのだろう」

「…………」

違うな。そのひと言は胸に留めた。

被害者は五日の午後八時過ぎまで新橋にいたことが確認されている。新都設計事務所の木暮と柳川が被害者を拉致したとすれば、別人が防犯カメラを破壊したことになる。

山賀が言葉をたした。

「現場周辺の防犯カメラを回収し、解析している」

「その映像」浅井が言う。「公安部にも回してくれないか」

「かまいませんが、柳川はこちらに引き渡していただけるのでしょう」

「もちろん。だが、柳川は公安事案にもかかわっている」

「なるほど」

山賀が声を発し、鹿取に顔をむけた。

「柳川は主犯ではない……そういうことか」

「雑魚よ。ある男にカネで釣られた」

「誰だ。そいつが、殺人と死体遺棄の主犯か」

「さあな」

「おい」山賀が目をむく。「それはないだろう。おまえは捜査本部の……」

語尾が沈んだ。

「心配するな。あんたは点数を稼ぎ、管理官は鼻高々よ」

「君っ」森永が声を荒らげる。「すこしは言葉を慎みなさい」

「あいにく育ちが悪いもんで」

ぶっきらぼうに返した。

森永が浅井に目をやる。

「鹿取が無礼を働いていませんか」

「とんでもない。鹿取さんはわたしの先生……教わることばかりです」

浅井が澄ました顔で答えた。

森永が眉尻をさげた。

鹿取は無視し、山賀に話しかける。

「おそらく、柳川を雇った男が殺人と死体遺棄の主犯だろう。が、公安事案に関して言えば、その主犯の男も雑魚……主犯の見当もついているが、いまは教えられん」

「公安部の立場はわかる。しかしながら……」

鹿取は手でさえぎった。

山賀が口を結んだ。

心中は手にとるようにわかる。状況は理解しても、森永の存在がある。公安部の立場を尊重し、鹿取の言いなりになれば、あとで森永に叱責《しっせき》される。

「主犯と思われる男は公安部の監視下にある。けさから、吉田も合流している。きょうにも、犯行に使用した車と一緒に、その男を運んでくる」

「ほんとうか」

山賀が声をはずませた。

目がらんらんと輝きだした。

鹿取はちらっと浅井を見た。

「約束する」浅井が言う。「吉田襲撃のさいに使用した車は五月に渋谷区神山町の駐車場から盗まれたもので、昨夜未明、品川区上大崎の自動車整備工場で発見……現在、警視庁で鑑識捜査を行なっている」

「血痕《けっこん》はでたのですか」

「そういう報告は受けた。が、殺人事案としての捜査はそちらに委《ゆだ》ねる」

「承知しました」

山賀の顔がほころんだ。

森永は、どう反応していいのか、とまどっているようだ。

公安部の協力で事件を解決しても、素直によろこべないのか。

鹿取は山賀に話しかけた。

「ところで、西村のほうはどうなった」

「もうすぐここに到着する」

「身柄を押さえたのか」

「公務執行妨害の現行犯逮捕だ。西村が自宅を出たところで、廣川が任意同行を求めた。西村が抵抗したので取り押さえたと報告があった」

「無茶な」

鹿取のひと言に、部屋の空気がゆれた。

浅井が笑いを堪えたのだ。

おまえが言う台詞《せりふ》か。

山賀もあきれたような顔をした。


代々木署の玄関を出て、足を止めた。

浅井に話しかける。

「俺は残る」

「西村の取り調べに立ち会うのですか」

「俺がやる。西村の言質を得たら、新都の木暮の身柄をとる。木暮に手錠を打ったら、柳川と、犯行に使った車を捜査本部に引き渡せ」

「承知しました。柳川の女は、こっちでいいのですね」

浅井が確認するように言った。

――新都設計事務所の成田は女の客です。成田は上客で、何度か寝たこともあると……

木暮は成田が連れてきたそうです。楊習平も成田の紹介ですが、楊と成田が一緒に来たことはないそうです——

浅井にとって、女の証言は咽から手がでるほど欲しかった情報である。

「当然だ。が、女の証言だけではいかにも弱い。木暮が福山や成田の事件への関与を認めるかどうかもわからん」

「木暮が謳うまで、成田を泳がせておくのですか」

「時間はかけたくない。成田は、おまえ次第よ」

「わかりました。自分は桜田門に戻り、鹿取さんの連絡を待ちます。そのあいだ、女から事情を聞き、証言のウラを固めます」

「それだけか」

鹿取はにやりとした。

浅井が目で怒る。

「気は急いていますが、ものには順番があります。森永管理官と約束もしました。柳川と車をここに運んだら、南青山へむかいます」

「用心しろ。魔物が棲《す》む藪を突くはめになるかもしれん」

「留意します」

きっぱりと言い、浅井が駐車場のほうへむかった。

刑事課の取調室のドアを開けた。

窓を背にし、西村がデスクの前に座っていた。手錠はないが、腰縄《こしなわ》が見える。

手前の小デスクに制服警察官。かたわらで廣川と部下が立ち話をしていた。

鹿取は、廣川に声をかけた。

通路に立ち、面と向かう。

「先に、俺がやる」

「公安事案を優先するのか」

廣川の目の色が変わった。

「犯人をパクるためだ。が、そいつは公安事案にも絡んでいる。で、筋をとおしたい」

「わかった。自分も立ち会っていいか」

「もちろん。俺のほうは三十分もあれば片がつく」

「録音と映像はどうする」

「調書も要らん」

言い置き、取調室に入った。

椅子に座り、西村と正対した。

「自分は捜査一課の鹿取。これより、訊問を始める」

「あんたか……」

西村がぼそっと言った。

短髪の丸顔。目もまるい。がっしりとした体格で、肩幅がひろい。白のポロシャツに紺色のコットンパンツ。なかなかの男前で、やさしそうにも見える。

――普段はおとなしく、人あたりもいいそうだが、頑固で、気に食わないことがあるとかっとなり、怒りだすと手がつけられないそうだ――

廣川によれば、周囲の西村評はおおむね一致しているという。

「新都設計事務所の木暮を知っているか」

いきなり切りだした。

西村が眉根を寄せる。

鹿取は紙をテーブルに置いた。

「おまえのケータイの通話記録だ」赤い線を引いた箇所を指さす。「六月十六日、木暮はおまえに電話している。六月二十三日も……どんな話をした」

「会って話がしたいと……見も知らない男だった」

「会いたがるには理由があるだろう」

「新橋の雀の里のことで……悪い話ではないから、会ってくれないかと言われた」

「いつ、どこで会った」

「電話の一時間後、家の近く……門前仲町の喫茶店で会った」

「ひとりでか」

「ああ」

「雀の里は、殺された被害者……おまえの女房の父親が経営していた。その義理の父親とは疎遠になっていたそうじゃないか。女房に話さなかったのか」

「会って話を聞いてから女房に相談しようと思った」

「相談だと……つまり、話の粗筋は電話で聞いたわけか」

「揚げ足を取るな」

西村が声を強めた。

「うるさい。質問に答えろ。どんな話を持ちかけられた」

「あんた」西村がデスクに両肘をあてる。「俺は殺人事件と無関係だ。アリバイもある。事情を聞きたいのなら、もっと丁寧に対応しろよ」

「舐めた口をきくな」

ポロシャツの襟を取った。

西村が両手で鹿取の手首を摑む。腕力も握力もありそうだ。

かまわず引き寄せ、頭突きを見舞う。鈍い音がした。

顔をゆがめ、西村が両手を口にあてた。指の隙間から血が滴る。

「何しやがる」

西村が咆哮《ほうこう》し、眦をつりあげる。

廣川がポケットティッシュをデスクに投げた。止める気はなさそうだ。

西村がティッシュをくちびるにあてた。口の端が切れている。

鹿取は質問を続けた。

「手間をかけさせるな。木暮に何を頼まれた」

「雀の里を土地ごと購入したいと持ちかけたが、相手にしてくれないと……それで、間に入ってくれないかと言われた」

「木暮は、おまえと被害者の仲を知らなかったのか」

「知っていた。女房が精神を患っていることも……」

西村が声を切った。

話しづらそうだ。目がそわそわしている。

「木暮は、おまえではなく、女房に仲介してもらいたかったんだな」

「たぶん……むりだと答えたのだが……」

「欲に目がくらんだか」

「えっ」

「頼み事には謝礼が付きもの……幾ら、もらった」

「俺」西村が顔を近づける。「ほんとうに、事件とは関係ないんだ」

「わかったから、質問に答えろ」

「百万円……女房への口利き料だと……説得できなければ諦めるが、説得してくれたら、店の開業資金と店舗を用意するとも言われた」

「木暮は、被害者と娘の仲を知っていたのか」

「俺が知らないことまで……二人が俺に内緒で会っていたことまで調べていた」

「それを聞いて、どう思った」

「…………」

西村が眉をひそめた。

「何とかなると思ったか」

「そんなことは……」

「それなら、どうして引き受けた。ことわったのなら一週間後に会う必要はない」

「…………」

「被害者は娘を溺愛していた。娘は、おまえにベタ惚《ぼ》れか。で、おまえは、自分の夢を叶《かな》えられると考えた……違うか」

「だとしても……犯罪じゃない」

「ほう」

鹿取は目で笑った。

「それが本音か」

「女房を説得するだけのことで、誰かが傷つくわけでも、損をするわけでもない。雀の里を売ったカネをあてにはしていない」

「………」

鹿取は奥歯を嚙んだ。

こういう輩と話をしていると腸《はらわた》が煮えくり返る。

父親と夫の間に立たされる女房の精神はどうなってしまうか。

情愛と憎悪が入り交じる被害者の心はどうなるのか。

こみあがる感情を堪え、口をひらく。

「女房を説得できたのか」

「はじめは渋っていた。むりだと……が、次第に俺の話を聞くようになって……父親の身体のこともあるし、店の後継者もいない……いろいろ考えたのだろう。父親に会って、話をしてみると言いだした」

西村が言葉を選ぶかのように喋った。

「おまえが必死に説得したんだな。手付の百万円をもらった手前もある」

「そのことは話していない」

「自前の店をもてることは、どうだ」

「…………」

西村が顔をしかめた。

「いずれ店も土地も女房のものになる……そう考えなかったのか」

「そんなもの、いつになることか」

「で、女房を拝み倒した」

「ばかな。そんなことをしなくても……」

「喋るな」

怒鳴りつけ、ジャケットのポケットをさぐった。

制服警察官がデスクの抽斗《ひきだし》を開け、アルミ製の灰皿を取りだした。

礼を言って受け取り、煙草を喫いつける。ふかし、西村を見据えた。

「女房は父親に会ったのか」

「ああ。連絡し、門前仲町で昼飯を食った」

「いつ」

「木暮と話した週の土曜」

「結果は」

「相手にされなかった。西村に頼まれたのかと、逆に問い詰められ、あんな男とは別れろとも言われたそうだ」

当然だな。声になりかけた。

「二度目の六月二十三日は、そのことを木暮に伝えた」西村が頷くのを見て続ける。「七月一日は、電話でどんな話をした」

「もう一度、女房が父親と会うことになった……それを伝えた」

「木暮の要望だったのか」

西村が頷く。

「しつこくて……ことわれなかった」

「おまえも欲を捨て切れなかった」

吐き捨てるように言った。

西村が何か言いかけたが、声にならない。

「女房は、いつ、どこで会う約束をした」

「銀座の数寄屋《すきや》通りのバー……父親が病気になる前に通っていた店で、女房も行ったことがある。そこで午後八時半に……一時間待っても父親はあらわれず、ケータイに電話してもつながらなかったそうだ」

「木暮に、時間と場所を教えたか」

「ああ」

鹿取は煙草を消した。

七月九日の電話については質問するまでもない。

事件を知り、不安になった西村が木暮に電話をかけたのだ。

「廣川、あとはまかせる」

鹿取は席を蹴った。

これ以上、西村とおなじ空気を吸いたくない。

通路に出て、携帯電話を耳にあてる。
《はい。吉田です》
「木暮はどこにいる」
《南青山の喫茶店。ひとりです》
「南はそばにいるか」
《はい》
「ただちに、木暮を逮捕しろ。殺人および死体遺棄の容疑だ」
《逮捕状は》
「そんなものはあとでいい。緊急逮捕……痛めつけてでも手錠を打て」

「取り調べもおまえがやれ。山賀に話しておく」
《承知しました》
元気な声を聞いて、通話を切った。

午後十時を過ぎて、カラオケボックスに浅井がやってきた。

上着を脱ぎ、ワイシャツの袖をたくしあげる。

「取り調べは順調ですか」

「木暮は黙秘。ひと言も喋らんそうだ。新都設計事務所の顧問弁護士が押しかけてきて、不当逮捕だとわめいている」

山賀からの情報である。

吉田に指示をしたあと山賀と話し、カラオケボックスに戻った。

とにかく、ひと眠りしたかった。人間の業にふれるたび、刑事という職業が嫌になる。誰の顔も見たくなくなる。それでも、眠れば気分は落ち着く。そのくり返しで、きょうまで刑事稼業を続けてきた。仲間に恵まれたおかげでもある。

松本がグラスを運んできて、浅井に水割りをつくった。

鹿取は、煙草をふかしてから言葉をたした。

「柳川はここで話したことを供述している。貸倉庫に戻ったときはもう被害者は殺されていて、シートに包まれていたそうだ。夜が明けない内に死体を運びだす予定だったが、木暮が天気予報を見て変更したとも言っている」

「死体を遺棄する場所は予定どおりだったのですか」

「わからん。あの場所は貸倉庫を出る直前に教えられたそうだ」

浅井が水割りを飲んだ。グラスを置き、視線を戻す。

「柳川の供述があれば、木暮がおちるのも時間の問題でしょう」

「こっちも時間がない」

投げつけるように言い、ソファにもたれた。

気分は落ち着きを取り戻しても、心中おだやかではない。焦りもある。木暮と柳川、柳川の女の身柄を確保したのだ。いずれも新都設計事務所の成田と接点がある。福山と成田は公安部の監視下にあるとはいえ、二人の動きが気になる。

煙草をふかし、話しかける。

「おまえのほうはどうだ。楊習平と成田は接触していたのか」

「愛華のビルの三階で聞き込みをしました。五社すべてのオフィスで成田の写真を見せたのですが、誰も見たことがないと……成田は非常階段を使って、ビル内を移動したとしか考えられません」

「………」

鹿取は顔をしかめた。

公安部がそこまでやったのなら、ますます成田の動きが気になってきた。

「福山と成田はどうしている」

「福山は、午前中、新橋にいました。小林を連れて、漫画喫茶を訪ねました。木暮が逮捕されたあと南青山に戻り、事務所にこもっていました。成田は午前九時に出社し、一度も外出しませんでした」浅井が腕の時計を見る。「三十分前、福山と成田は一緒に事務所を出て、別々にタクシーに乗りました」

「位置を確認しろ」

浅井がショルダーバッグからタブレットを取りだした。

鹿取は目をまるくした。

――木暮は、車に乗っているとき、誰かと連絡を取り合っていたか――

――ずっとタブレットを持って……メールでやりとりをしているようだった――

柳川とのやりとりを思いだした。

――木暮がリアシートに乗ったけど、そのまま、二時間以上も待たされた――

――木暮と話したか――

――ほとんど……やつはタブレットを見ていた――

こちらは七月五日の行動を訊いたときの問答である。

「福山は六本木、成田は移動中です。部下に確認しますか」

「成田のほうだけでいい」

浅井が目を見開く。

「身柄を押さえるのですか」

「木暮のタブレットを押収したい。被害者を貸倉庫に運んだときも、吉田の襲撃時も、木暮はメールで指示を受けていた。が、相手を特定できない。木暮が口を割るか、タブレットのデータの解析が進めば特定できるが、それを待っているわけにはいかん」

「わかりました」

浅井が携帯電話を手にした。

同時に、着信音が鳴りだした。

「浅井だ……何だと……緊急配備を要請しろ……絶対にとり逃がすな」

浅井が通話を切った。顔をむける。

「成田が撃たれました。自宅前でタクシーから降りたところを……ほぼ即死だそうです。犯人は二人組、バイクで逃走中です」

言って、携帯電話をソファに投げつけた。

鹿取は目をつむった。悪い予感が的中した。

「すまん、浅井。俺のミスだ。仕掛けが遅れた」

「謝るのは自分です。自分が楊に執着したために……」

浅井の声がふるえた。

鹿取は頭をふった。

浅井だけではない。捜査本部の連中の苦労も無にしてしまった。

「自分は射殺現場へむかいます」

浅井が上着とショルダーバッグを提げ、部屋を飛びだした。

へこんではいられない。

「マツ、行くぜ」

「がってん」

松本の声が部屋に響く。

何度、その声に救われたことか。

部屋着を脱ぎ捨て、隣室に入った。

本書は書き下ろし作品です。
登場人物、団体名等、全て架空のものです。

Haruki Bunko
ハルキ文庫

は 3-31

苦闘《くとう》 鹿取警部補《かとりけいぶほ》

著者 浜田文人《はまだふみひと》

2019年12月18日第一刷発行

発行者 角川春樹

発行所 株式会社角川春樹事務所
〒102-0074 東京都千代田区九段南2-1-30 イタリア文化会館

電話 03(3263)5247(編集)
03(3263)5881(営業)

印刷・製本 中央精版印刷株式会社

フォーマット・デザイン 芦澤泰偉
表紙イラストレーション 門坂 流

本書の無断複製(コピー、スキャン、デジタル化等)並びに無断複製物の譲渡及び配信は、著作権法上での例外を除き禁じられています。また、本書を代行業者等の第三者に依頼して複製する行為は、たとえ個人や家庭内の利用であっても一切認められておりません。
定価はカバーに表示してあります。落丁・乱丁はお取り替えいたします。

ISBN978-4-7584-4311-1 C0193 ©2019 Fumihito Hamada Printed in Japan
http://www.kadokawaharuki.co.jp/[営業]
fanmail@kadokawaharuki.co.jp[編集] ご意見・ご感想をお寄せください。

浜田文人の本

伝説の「公安捜査」シリーズは、ここから始まった!!

続刊「公安捜査」シリーズ

- 公安捜査Ⅱ 闇の利権
- 公安捜査Ⅲ 北の謀略
- 新公安捜査
- 新公安捜査Ⅱ
- 新公安捜査Ⅲ
- 傾国 公安捜査
- 国脈 公安捜査
- 国姿 公安捜査

Haruki Bunko
ハルキ文庫